原因

一つの示唆

トーマス・ベルンハルト
今井敦 訳

松籟社

Gedruckt mit Unterstützung durch das Bundeskanzleramt Österreich
本書の翻訳出版にあたり、オーストリア連邦首相府より助成を受けています。

Die Ursache

by

Thomas Bernhard

By arrangement through Meike Marx Literary Agency, Japan

Translated from the German by Atsushi Imai

原因　――一つの示唆――

ザルツブルク州では、毎年二千にものぼる人が自殺を試み、その一割は死に至る。この数によって同州は、ハンガリーやスウェーデンと並んで最高の自殺率を示すオーストリアの中でも、最高記録を保持している。

「ザルツブルク新聞」一九七五年五月六日

グリューンクランツ

　二種類の人間が住むあの町、商売をする人間とその生贄《いけにえ》、すなわち学校に通う人間が住むあの町では、ただただ苦しい生き方しか、どんな自然をも抑えつけ、打ちのめし、破壊し、往々にして陰険に死に至らしめるような生き方しか、できない。住む人を絶えず苛立たせ、憔悴《しょうすい》させ、どのみち病気にしてしまう極端な気象条件が一方にあり、この気象条件の中で、住む人の体質をみるみる荒廃させるザルツブルクの建築物が他方にある。哀れな住民はみな知っているのかどうか、いずれにせよ健康に有害なアルプス北麓地方の風土は、頭と体と、この自然環境にあますところなく曝《さら》された人間の本性を抑圧し、きわめて低俗で、卑劣で、人を苛立たせ憔悴させ、病気にして、踏みにじり、侮辱する能力を持った住民ばかりを、信じられないことに、何の遠慮もなく繰り返し生産している。そして、この町に生まれついたか漂着するかした者は休みなく、あのザルツブルク人へと形成されるのだ。それは、私が三十年前にこの町で学校に通っていたころ、初めは先入観から好きだったけれど、経験とともに憎むようになった家々の、冷たく湿った壁のあいだにいる、了見が狭く強情で、理不尽で鈍感な人々、残酷な商いに従事し、憂愁に耽る人々であって、あらゆるまっとうな医者と怪しげな医者と、まっとうな葬儀屋と怪しげな葬儀屋の、汲めども尽きぬ収入源となっている。親権者の希望とはいえ、自分の意に反してこの町で大きくなった人間、ごく幼いころから、感覚的にも知性の上でも、この町に住むため最大限の心構えをし、世界的に有名なこの町のいわば公開法廷の中に、お金のうえにまたお金を産出する倒錯した美すなわち嘘のメカニズムの中に閉じ込められ、子供から青年期にかけての全面的に無防備な時期に、貧しさと寄る辺なさ、不安と恐怖の城砦に囚われた人間、自らの人格と精神が形成される町として、この町を宿命とした人間は、この町と、この町に暮らした時期についての、悲しいばかりで、発達の出発点とこれに続く時代とを陰鬱に、真っ暗闇にするだけの、いずれにせよ宿命的で、ときとともに全存在を決定づける、恐ろしい思い出のみを引きずっているのだ、そう言ったところで、これは乱暴でもなければ軽はずみな表現でもない。誹《そし》りや嘘や偽りにあらがい、一つの概略、一つの示唆としてのこの本を書きながら、私は、自分の全存在を貫き、思考を規定しているこの町が、自分にとってずっと、そして特に少年期と青年期、つまりこの町に暮らして調教され続けた約二十年の絶望の時代である生育期を通じて、私の精神と感性を励ますのではなく傷つけた町、いや、精神と感性を絶えず虐げた町であり、犯してもいない過ちや罪ゆえに直接また間接に咎《とが》めたて、処罰し、私の中の鋭敏さと繊細さとを、それがどんな性質のものであれ、打ちのめした町であり、決して創造力を伸ばしてくれた町ではなかった、そう考えずにはいられないのだ。ここで過ごした学校時代、それは疑いもなく人生のもっとも凄まじい時代であり、この時代と、そのころ私が何を感じたかということが、これから述べる内容なのであるが、あの時代に私は、のちの人生のための高い代償を、おそらく最高の代価を払わねばならなかった。この町に抱いていた好意と愛情は、家族から受け継いだ先入観に過ぎず、実のところこの町は、私の好意と愛に値しない町なのであった。私はいつも、どんなときどんな場合にも、今に至るまでこの町に拒まれ、跳ね返され、無防備な頭を叩かれてきた。昔から創造的人間を傷つけ追い回し、最後にはいつも抹殺してきたこの町、私にとって母の町であり父の町でもあるこの町を、とっさに、それもこの上なく神経が張り詰め、これ以上ないほど精神を傷つけられた、命まで危うくなったギリギリの瞬間に立ち去らなかったとしたら、しまいに私は、かつてこの町に住んだ多くの創造的人物たち、私と類縁の多くの人々と同じく、不意に自分の命を断って、この町を検証するためのまたとない実例となったであろうし、さもなければ惨めにゆっくりとこの壁のあいだで、いつも窒息させるばかりのこの非人間的空気の中で、身を持ち崩していったことだろう。実際、多くの人がこの町で、ゆっくりと惨めに滅んでいった。私は、（有名な）自然と（有名な）建築物からなるこの風景、母と父のものであるこの風景に、特別な本性と絶対的独自性を幾度もはっきりと認め、これを愛することができたが、この風景と自然と建築物の中に存在し、毎年のように無思慮に増殖し続ける精神薄弱な住民たちと、彼らが定めた低俗な法律、それに輪を掛けて低俗な彼らの法律解釈は、（風景としては）まさに奇跡と言えるこの自然と、芸術品とも言える建築物に対する私の認識と愛とを、いつも、即座に抹殺した。いつも、最初の瞬間に抹殺したのだ。自分のみを頼りとした私の存在の仕方は、この町のたぐい稀な小市民的論理に突きあたって、いつも、即刻、抵抗力を失った。この町のすべてが創造性に敵対している。どれだけ強く、どれだけ繰り返し逆のことが唱えられたとしても、それは嘘っぱちだ。この町が一番大きな情熱を注いでいるのは、非精神であって、町のどこだろうと、空想の片鱗がちらりと姿を覗かせたその瞬間、それは根こそぎにされるのだ。ザルツブルクは、世界が絶えず嘘の上塗りを繰り返す卑劣な外装であって、その外装の裏で創造性（あるいは創造的人物）は、萎《しぼ》み、朽ち果て、壊死するしかない。本当に私の故郷は死病そのものであって、住民はこの死病の中に産み落とされ、引きずり込まれる。もし、彼らが決定的瞬間にこの町を去らなかったとしたら、遅かれ早かれ、この凄まじいすべての状況の中で、直接的にまた間接的に、急に自分の命を断つか、ゆっくり惨めったらしく、根本において完全に反人間的で、建築的・大司教的・痴呆的・ナチス的・カトリック的なこの死の土壌の上で、直接的にまた間接的に滅ぼされたことだろう。ザルツブルクとその住民を知る者からすれば、この町は、表面こそ綺麗だが、実のところ裏では、空想と希望の恐ろしい墓場となっているのだ。いたるところで美と教化と、加えて毎年のいわゆる音楽祭ゆえにいわゆる高尚芸術の誉れが絶えないこのザルツブルクで、なんとか自分の立ち位置と正当性を見つけようとしていた学徒にとって、この町はまもなく、あらゆる病気と下劣さに開かれた、冷たい死の博物館となった。生きる力と、精神的能力と素質とを容赦なく解体し、深く深く傷つける、考えられる限りの障害と、考えられないようなあらゆる障害が大きくなって、この町はこの学徒にとって、まもなく美しい自然と代表的建築群であることをやめ、ただ下劣さと卑劣さからなる見通しのきかぬ人間の藪《やぶ》となったのである。この若者が路地を歩けば、音楽の中を歩くのではなくて、住民たちの道徳的ぬかるみに嫌気を催すばかりとなった。この町であっという間にすべてを騙《だま》し取られた若者は、この状況の中で町に興ざめしたというよりも、若いがゆえに当然ながら、驚愕したのだ。ところがこの町は、人をゾッとさせることにかけても、ほかのすべてと同じく、死にたくなるくらいひどい論法を持っている。当時私が知覚し（感じ）、そして今私が考えているとおりに言えば、十三歳のこの若者は、突然、シュランネ通りにあった寄宿舎の中の、古いじめじめした壁と、使い古したシミだらけの夜具と、シャワーも浴びていない若い寄宿生たちの体臭が芬々《ふんぷん》とする、汚く、くさい共同寝室で、三十四人の同い年の若者と一緒にされるという苛酷な体験をした。なぜ、この汚くくさい共同寝室に急に入らなければならなくなったのか、自分の頭では理解できなかったから、彼は、教育上の必然としか説明されなかったこのことを、自分への裏切りと感じ、何週間も、夜眠りにつくことができなかった。夜になるといつも彼は、公立教育施設の共同寝室というもの、つまり一般的に教育施設というものがどれほど荒廃しているか、目のあたりにしなければならなかった。そして幾度も、そうした教育施設に預けられた若者たち、田舎から来た、彼自身と同じく両親の監督から国家の調教へと託された子供らの野放図さを目撃することになった。夜の観察の印象から言うと、ほかの少年たちは、自分の疲れ切った状態を難なく深い眠りに変換することができるように見えたが、彼自身は、休みなく心を傷つけられ、ほかの少年たちよりもはるかにひどい疲れを、ちっとも、一瞬の眠りにすら、変えることができなかった。絶望と不安の中で夜がどこまでも長くなった。彼が耳で聞き、目で見たもの、絶えずビクビクしながら知覚したものは、新しい絶望を生む新しい種ばかりだった。入ったばかりのこの若者にとって、寄宿舎は、自分を懲らしめるため、つまり自分の全存在の懲罰として精妙に構築された獄舎、自分の精神を罰するために卑劣に拵《こしら》えられた牢獄であって、そこでは寮長（グリューンクランツ）とその助手（舎監）たちが、全少年をそしてすべてを支配していて、許されていたのは絶対の従順、つまり弱者である寄宿生が、強者（グリューンクランツとその助手たち）に絶対に服従すること、口答えしないこと、暗い部屋に謹慎することだけであった。この、獄舎としての寄宿舎が意味するのは、罰がみるみる厳しくなっていき、ついには展望も望みもすっかり消え失せるということであった。ずっと自分を愛してくれているとばかり信じていた家族が、はっきりそれと知りながら自分を、国家の牢獄に送り込んだのだという事実、この事実を若者は理解できなかったし、初めの数日間で早くも彼をとらえた第一の考えは、もちろん、自殺することであった。もう、この生を生き、この存在を存在しなくてすむように、人生を、存在を抹消すること、突然始まったこの完璧に悲惨で救いのない状態を終わらせること、窓から飛び降りるか、あるいは例えば、一階の下足室で首を括《くく》るかして、終わりにすること、それが唯一正しい道に思えたけれども、彼はそれをしなかった。下足室で（バイオリン練習のためにグリューンクランツは下足室を割り当てたのだ）バイオリンの練習をするとき、いつも自殺を考えた。すぐ紐《ひも》が見つかったから、そこでは首を括るのがごく簡単な筈《はず》であった。二日目にはもうズボン吊りで自殺しようとしたけれど、思い直し、バイオリンの練習を続けた。それから、下足室に入るたび、自殺しようと思った。朽ちかけた木の棚いっぱいに寮生の靴が何百となく置かれ、汗の匂いを発散していた。天井のすぐ近くの壁にたった一つ、穴のような窓があったが、そこから入ってくるのは厨房の汚れた空気だけであった。下足室に入ると若者はひとりっきりになって、バイオリンを弾き始めると途端に働き始める自殺の考えに耽るばかりであった。こうして、下足室という、寄宿舎の中で間違いなくもっとも恐ろしい空間に入ることは、自己の内部への逃避行となった。バイオリンを弾く音があんまり大きかったから、練習している当人が、今この瞬間にも部屋が破裂するかもしれないと思い、いつもビクビクしながら、やすやすと、正確ではないけれどとても上手にバイオリンを弾いて、練習という口実のもと、自殺の考えにどっぷり浸っていたのであった。寄宿舎に入る前から自殺の考えは身近だった。祖父と一緒に暮らしていた幼少のころから、あれこれ自殺について思案する訓練を受けていたから。演奏技術では、とてもじゃないが大成できない、と思っていたけれど、バイオリンを弾き、毎日シェフチク教程[*1]を続けることは、この下足室でひとりっきりになって自分の考えだけに没頭する、丁度いいアリバイだった。練習のあいだ誰もこの部屋に入ることは許されなかった。ドアの外に、グリューンクランツ夫人が作った「音楽練習中。立入禁止」の札が下がっていた。来る日も来る日も若者は、寄宿舎で自分をヘトヘトにする教育の責め苦から、下足室に入って逃れようと思った。この恐ろしい下足室に入って、バイオリンで音楽を奏でながら自殺の瞑想に耽りたいと願った。彼は、バイオリンで自分だけの音楽を、自殺の考えにふさわしい音楽を弾いた。それは優れた音楽ではあったが、シェフチク教程で指示されたこととはまるで関係がなかったし、バイオリンの師匠シュタイナーが課した課題ともちっとも関係がなかった。実際、彼にとってこの音楽は、毎日昼食のあと、ほかの寮生や寄宿舎の生活すべてから自分を遮断してひとりの世界に浸るための手段にほかならず、バイオリン技術の育成とはまったく無縁だったのだ。技術の育成が必要とされ、レッスンを受けるよう強制されてはいたけれど、心の底で彼はそれを望まず、嫌悪さえ感じた。天井近くまで靴が積まれた下足室はほぼ真っ暗で、汗と革の匂いが空間に閉じ込められて濃厚になっていく一方だったが、ここでバイオリンを練習するひとときが、たった一つの逃避の可能性なのであった。下足室に足を踏み入れることは、同時に自殺の瞑想が始まることを意味したし、バイオリンに集中し、さらにさらに集中していくことは、自殺の考えに集中し、さらにさらに集中していくことを意味した。実際、彼は下足室で何度も自殺しようとした。が、一度として、やってみるという以上を出なかった。壁から沢山出ている掛け釘を使って、ロープ

＊1　オタカール・シェフチク（一八五二―一九三四）はチェコ人バイオリニストで音楽教師。基礎教程『小シェフチク』で知られる。

やズボン吊りで何度も試みたが、命が断たれるかどうかというギリギリの瞬間になると、いつも中断した。より意識的にバイオリンを弾くことで、自殺の考えをはっきり、意識的に断ち切った。バイオリン演奏の可能性にだんだん魅了され、完全に、意識的に集中することによって、断ち切った。時とともにバイオリンは楽器というよりも、自殺の瞑想とその試みを始めるきっかけとなり、自殺を瞑想するための道具、突然その試みを中断するための道具となった。（シュタイナーの言によれば）極めて音楽的な反面、（これもシュタイナーの言によれば）規則に関してはまったくなっていないこの若者のバイオリン演奏は、特に下足室では、自殺を考えることにばかり向かっていて、他の目的には向いていなかった。バイオリン演奏で彼がシュタイナーの指示に従うことができない、つまり、演奏技術そのものを進歩させる力がないことは、明白だった。寄宿舎の中にいても外にいても、心を絶えず占領していた自殺の考え、この時代、この町で、ほかの何があっても、どんな精神状態にあっても逃れることができなかった自殺の思考は、当時の彼にとって、ただバイオリンと、バイオリンの演奏とのみ、深く結びついていたのだ。このころ、バイオリンの演奏を考えただけで自殺の瞑想が始まり、ケースから楽器を取り出すことで高められ、弾き始めるとその勢いが増す、というメカニズムがあった。やがて若者はこのメカニズムにすっかり捉えられ、この楽器が破壊されたとき、ようやくそこから逃れることができた。あとで、下足室を思い出すたび考えた。あのとき勇気を振り絞って、下足室で自分の存在を終わらせてしまった方が、よかったのではないか、どんな将来が待つにせよ、自殺して自分の将来のすべてを消してしまった方が、よかったのではないか。要するに、いずれにしろひどく疑わしいこの存在、それがどんな存在なのか、今の自分には分かっているこの存在を、その後何十年も続けるよりもよかったのではないか。が、この若者はいつも、決心するには弱過ぎたのだ。自殺するための力と決意と性格的強さを奮い立たせることが、一度もできなかった。シュランネ通りの寄宿舎にいた少年のうち多くが、勇気を奮い起し、命を断ったというのに。奇妙なことに、自殺に一番適していた筈の下足室で命を断った者は、一人もなかった。みんな、寝室の窓から、またはトイレの窓から飛び降りるか、洗面所でシャワー・ノズルを使って首を吊った。事実、彼がそこにいた時代（その前後、どれほど多くの少年が自殺したことか！）、シュランネ通りの寄宿舎内で、ナチ支配下の四三年秋（彼が入ったとき）から四四年秋（彼が出て行ったとき）のあいだだけでも、四人の寮生が自殺したのだ。窓から飛び降りるか、首を括るかした。そして、町にいたほかの大勢の少年たち、精神的絶望に耐えられず学校をやめた少年たちが、ザルツブルクの二つの山から身を投げた。多くはメンヒスベルクから、真下の、アスファルトで舗装されたミュルン大通りに飛び込んだ。この恐ろしい通りを私はいつも、「自殺者通り」と呼んでいた。打ち砕かれた人の体がそこに横たわっているのを何度も目撃したから。それはどこかの学校の生徒だったり、生徒でなかったりしたが、生徒の方が多かったと思う。季節に応じて、色鮮やかな服をまとった肉の塊があった。三十年が過ぎた今も、学校の生徒かそれ以外の人の自殺の報道を新聞でよく見かける。規則的な間隔を置いて、春と秋に多い。毎年何十人もの自死が伝えられる。だが、それが実は何百人にも及ぶのだということを、私は知っているのだ。学生寮のようなところ、特にシュランネ通りの寄宿舎のような極めてサディスティックで自然環境も劣悪なところなら、そこに住む寮生の頭を占めている第一のテーマは、自殺と決まっているある。すなわちまるで学問的ではないテーマ、学校や大学で提供される教材の一つではなく、第一義的な、誰をも同じように強く捉える思想から出てきたテーマだ。とはいえ、いかに時代が変わろうと、自殺や自殺に関する思想は、きわめて学問的な研究対象のまま変わることがない。ところが、嘘で固められた社会にはそれが分からないのだ。他の寄宿生と一緒にいること、それはいつも自殺の思考と同居していることを意味した。第一に自殺の考えとの同居、せいぜい二番目に勉学環境を意味するに過ぎなかった。実際、学校に通っていたころそう感じていたのは、私だけではない。残酷で容赦のない、あらゆる意味で通俗的な周囲にけしかけられながら、青年期に特有の実に感じやすく傷つきやすい状態の中で、誰もが同じように、ほとんどいつも、自殺を考えながら過ごさねばならなかった。学校に通っている時期とは、自殺を考える時期なのだ。これを否定する者は、すべてを忘れた人間だ。何度も、いや何百回も私は自殺のことばかり、自分という存在を消し去ることばかり考えながら、どこでどうやってそれを実行するか、（ひとりで、それとも誰かと一緒にやるかを）考えながら、町じゅうを歩き回ったものだ。しかし、この町のすべてによって呼び起こされた自殺の考えとその試みは、いつも寄宿舎に、寄宿舎という牢獄に帰って行った。ただ一つの、途切れることなく働き続ける自殺の考えは、一人一人がうちに秘めていただけでなく、誰もが、とどまることのないこの考えを、共有していた。彼らのうちの何人かはこの考えによってすぐに殺されたし、残りの数人は、この考えによって打ち砕かれた。それも、残りの全生涯に渡って打ち砕かれた。いつも、自殺とその思想が話題にのぼり、議論され、そして例外なくすべての点で、ずっと黙秘された。実際に自殺者が、私たちの中から何人も出た。名前は言うまい。大部分忘れた。だが私が、首を吊ったり体を打ち砕かれたりした彼らを目撃したということが、恐ろしい状況を証明している。何度か、市の共同墓地や、マックスグラーンの墓地で、周囲によって殺害された十三か十四、十五か十六歳の寮生が、きちんと埋葬されることなく、ただ土に埋められただけだったのを、覚えている。この厳しくカトリック的なザルツブルク市では、こうした若い自殺者が埋葬されることはもちろんなく、土に埋められるだけなのだ。それはきわめて陰惨なことだし、人間というものの本性を暴露している。この二つの墓地には、私の記憶が間違いではないことを示す沢山の証拠がある。私の記憶は、ありがたいことにちっとも歪められていないし、ここに書いたことはほんの示唆でしかない。死者が土に埋められるとき、将校靴をはいた姿で黙ってそこに立っていたグリューンクランツと、仰々しい黒服を身にまとい、羞恥のために呆然と立っていた身内と呼ばれる人々、そこにいた人々の中で唯一、真実と、真実の持つ本当の恐ろしさを知っていて、この困惑の儀式の進行をじっと見守っていた同級生たちの姿が、今でも見えるような気がするし、いわゆる「あとに残された親権者」が、死体の入った棺を地中に下ろすとき、自殺者から距離を置こうとして口にした言葉が、今でも聞こえるような気がする。カトリシズムの愚に完全に売り渡され、カトリックの愚かさに完全に支配された町、それに加えて、この時代には徹底的にナチス的であったザルツブルクのような町では、自殺者が土に埋められるとき、聖職者はまるで関与しないのであった。秋の終わりと、腐敗と熱とに捉えられる春、この二つの季節はいつも生贄を求めた。世界のどこよりも多くの生贄を、このザルツブルクの町で。その際、自殺の病に一番罹《かか》りやすいのは若者であり、親やその他の教育者に置き去りにされた若者たち、学校に通う者たち、事実、いつも自分を抹消し解体することばかり瞑想している者たちなのだ。要するに、彼らにとってすべてが真実であり現実なのであって、類いまれな恐ろしい形相を見せるこの真実と現実の中で、彼らはくずおれてしまう。私たちのうちの誰が自殺しても不思議はなかった。自殺者の何人かには、前々からいつもはっきりとその可能性を見て取ることができたが、他の自殺者の場合、初めのうちは、はっきり現れなかった。けれども、ほとんどいつも予想ができた。誰かが急に気持ちがくじけ、内面と環境から来る恐ろしい重荷に耐え切れなくなり、休みなく圧《お》し潰そうとするこの二つの力をもはや押し返すことができなくなって、ある時点から急に、この人のうちのすべて、この人にまつわるすべてが自殺の兆候を示し、自殺の決意がその全存在に露わとなり、まもなく、恐ろしいほどはっきりと表れてきたとき、私たちはその恐ろしい出来事、つまり同じ受難者の一人である同級生が必然的帰結として自殺することで、不意打ちを食らわされるということはなく、事実としてこれを受け入れる覚悟ができていたのであるが、寮長と助手たちは、一度たりとも、長いときをかけて進行し、外からも認められるようになっていたこの自殺準備の期間というものに、気づくということがなく、それゆえにもちろん、寮生が自殺するといつも面食らったか、あるいは面食らったという風を装った。寮長はそのたびにショックを受けた様子で、不幸この上ないこの少年を「不正直で恥知らずだ」と言い、まるで騙されたかのように振る舞って見せた。自殺者を突き放すその態度は、いつも私たちみんなの反感を買うほどに非情で、冷たく、ナチス的で、自己中心的なもので、いかにも罪人を告発するという調子だったが、もちろんこの少年に罪はなく、罪があったのは環境の方なのであった。つまりこうした場合いつも、人を圧し潰し、自殺に追い込んだもの、自殺を強いたものは、カトリック的でナチス的な環境なのであり、どんな理由から、どんな幾百幾千もの理由から彼が自殺を犯したにしろ、いや「犯した」というより「した」と言ったほうが正しいが、いずれにせよ、寄宿舎というか、実際の公式名称を「国家社会主義学生寮」と称した教育施設の中で、シュランネ通りにあったような、繊細な神経の持ち主をあらゆる面で必然的に自殺へと誘い、高い確率で実際自殺させずにはおかない教育施設の中では、常に、あらゆることが自殺の原因となったのである。事実とはいつも人を驚愕させるものだが、私たちは、あらゆるところで休みなく働きつづけ、尽きることのない私たちの不安、事実に対する病的な不安の中で、この事実に蓋をしてはならないし、全自然史および人間の歴史をこれによって歪めてはならず、歪めた歴史ばかりを後世に伝えてはならない。というのは、歴史を歪曲すること、歪曲された歴史を後世に伝えることが、普通になってしまっているから。私たちは、全歴史が歪曲された形で伝えられてきたということ、歪曲された形でしか伝えられて来なかったということを知っているではないか。あの若者がこの寄宿舎に入れられたのは、破壊されるため、いや、滅ぼされるためだった。彼に対して請けあわれ、何度も何度も信じ込ませようとされたように、彼の精神と感覚と感情とを大切に育むためではなかったのだ。それまでは素直で、何でも信じてしまう寄宿生であった彼は、まもなくはっきりとこのことを悟った。そして彼は、よりによって彼の祖父が、教育権者である祖父がこれを決めたのだということが理解できなかった（彼の後見人は召集され、いわゆるドイツ国防軍に属していて、戦争のあいだずっとバルカン半島のいわゆるユーゴスラヴィアにいた）。今考えてみると、祖父にとって当時、自分の孫がどんな中等教育をも受けることができず、その結果必然的に高等教育からも締め出されることを避けるには、私をシュランネ通りの寄宿舎に入れる、つまりギムナジウム入学の準備としてアンドレー基幹学校へ入れるしか、選択肢がなかったということが分かる。それに、逃げ出すことを考えても意味がなかった。たった一つの逃亡の可能性は、自殺であったから。だから寮生の多くは、寄宿舎の窓から外へと、メンヒスベルクの岩壁から下へと、身を投げる方を選んだのだ。彼らは、国家社会主義《ナチズム》という全体主義（そしてこの全体主義をあらゆる点で称揚し崇めるとまではいかなくとも、いつも強く促進しようとするザルツブルクの町）に脅され、死ぬほど震撼させられた自分の存在を、葬り去ることを選んだ。（あらゆるところに休みなく影響を及ぼしたこのナチズムという全体主義がなかったとしても、ザルツブルクは、寄る辺ない若者にとって、いつの時代も、ただひたすら解体と破壊と抹殺ばかりが行われる町にほかならない。）つまり、彼らは短く、ごく短く終わらせること、本来の、ごく単純な意味で、もっとも短く終わらせることを選んだのだ。さもなければ彼らは、当時の大ドイツ的な人間教育法、すなわち人間抹殺技術のルールに従って、国全体を支配する教育システムとしての国家的・ファシズム的・サディスト的教育計画に則り、次から次へと破壊され、抹消されるだけであったから。というのは、このような寄宿舎から釈放されて外へ出ることができた若者も（まさにそういう若者の話をここでしているのだ）、それが誰であれ何になるのであろうと、いずれにせよその後の人生において、つまりその後も続く疑わしい存在期間を通じてずっと、死にたいほどに虐げられて絶望した存在であり同時に絶望的に敗北した存在であって、そのような教育牢獄に教育囚人として捕らえられていた結果、抹消された存在であることに何の変わりもない。この若者がその後何になってどこに何十年生きようと同じことなのだ。というわけで、当時寄宿生だった私の内面を、この時期、特に二つの恐怖が支配していた。寄宿舎のうちのあらゆるものに対する恐怖、特に、グリューンクランツに対する恐怖がまずあった。グリューンクランツが突然目の前に現れて体罰を加えるやり方は、その卑劣さと狡猾さからして、いつもひどく軍人的だった。典型的な将校、突撃隊将校の典型であったグリューンクランツが、私服姿で現れたことは一度もなく、いつも大尉かまたは突撃隊の制服を着ていた。骨の髄までナチス的なこの人間、今思うと分かるのだが、性的かつ根本的にサディスティックな倒錯性の痙攣《けいれん》からおそらく一度も逃れることができなかったこの人間、ザルツブルクのコーラス団長を務めるグリューンクランツ、それが一方の恐怖であり、他方に戦争の恐怖があった。戦争は、あっという間に新聞の中だけの話ではなくなり、休暇で戦地から帰還した身内が土産話に語るだけの話ではなくなった。戦争の様子を語ってくれたのは、バルカン半島で戦っていた私の後見人と、ノルウェーに駐屯していた母方の叔父だった。叔父は、生涯変わらぬ天才的な共産主義者であり発明家で、とにかく度外れて危険な思想に私を導こうとしたし、信じられないほどに危険なアイデアを教えてくれた。病的に落ち着かない性格ではあったけれども、そうした精神、創造的人間として、叔父は私の記憶に残っている。戦争は、ずっと遠くで起こり、全ヨーロッパを席巻する人食い的悪夢として話の中にだけ出てくるものではなくなった。今では一転して、ほとんど毎日のように空襲・防空警報が出され、誰もが戦争に直面していたのだ。この二つの恐怖のあいだで、そしてこの二つの恐怖の中にあって、寄宿舎での生活は次第に生命を脅かすものへと発展していかざるをえなかった。国家社会主義者グリューンクランツに対する恐怖が一方にあり、戦争への恐怖、つまり、毎日来襲しては明るい空を曇らせ闇にし轟《とどろ》かせ脅かす何百何千もの飛行機に対する恐怖が他方にあって、勉学は背景へと退いた。間もなく私たちは、アンドレー学校や寮の学習室で教材に向き合うのではなく、ほとんどの時間、防空壕の中で過ごすようになったのだ。何ヶ月にも渡って防空壕が掘られる様子を私たちは見ていた。外国人の強制労働者、特にロシア人やフランス人、ポーランド人やチェコ人といった強制労働者たちの手で、ひどく劣悪な条件のもと、ザルツブルクの二つの山に横穴が掘られた。それは何百メートルにも及ぶほら穴で、町の人々は初めはただ好奇心から恐る恐るではあったが、最初の空襲がザルツブルクを襲ったあとは何千もの人が連日、恐怖と驚愕に見舞われて、この真っ暗なほら穴の中に流れ込んで行った。中では、実に恐ろしい、死を招く事態がごく頻繁に目撃された。空気の供給が充分ではなかったから、私が入った真っ暗で湿った横穴の中で、何十人も、そのうち何百人にものぼる子供や女や男たちが、意識を失ったのだ。壕の中では、逃げ込んできた数千もの人々がびっしりひしめきあいながら、不安げに立ったりしゃがんだり横たわったりしていた。今も目に見えるようだ。町の二つの山に穿《うが》たれた横穴は、空襲に対しては安全な避難所であったとはいえ、中では多くの人が窒息し、恐怖のあまり死んでいった。壕の中で死んだ大勢の人々、死体となって運び出されていく人々を、私は見た。ときにはまた、防空壕に入った途端に次から次へと意識を失い、助けるためにすぐまた穴から運び出された人々がいた。それは、私たち寮生がいつも逃げ込んだ「グロッケン通り防空壕」でのことだ。寮生全員が、特にこの役割を与えられた年上の生徒、あるいは同級生に率いられ、他の学校から来た数百人、数千人の生徒と一緒に、「魔女の塔《ヘクセントゥルム》＊1」の横を歩いてヴォルフ・ディートリヒ通りを抜け、リンツ通り、そしてグロッケン通りへと避難した。防空壕の入口の前には、担架と毛布を積んだ大型バスが何台も待っていて、気を失った人々はバスの中に横たえられた。とはいえ、大抵はバスに載せられる数よりも意識を失った人の数の方が多くて、バスに載せられなかった人々は、横穴の入口前の、何の覆いもない場所に置き去りにされていた。一方、バスに載せられた人々は町を抜け、ノイトーアと呼ばれるところまで運ばれたが、そこでバスは、中に横たわっている人々を載せたまま、往々にして、その間に死んでしまった人々を載せたまま、警報が「解除」されるまで置き去りにされたのだ。私自身二度、グロッケン通りの防空壕の中で気を失い、バスに担ぎ込まれ、警報が出ている中をノイトーアまで運ばれたが、穴の外の新鮮な空気を吸うとすぐに意識を取り戻したので、ノイトーアに停められたバスに乗ったまま、危険にさらされた女や子供たちが次々に意識を取り戻していく様子、あるいは、とうとう意識を回復しなかった様子を観察することができた。目を覚まさなかった人々が窒息死したのか、それとも恐怖のあまり死んだのか、定かではなかった。窒息死、または恐怖によって死んだこれらの人々こそ、空襲とかテロ攻撃と呼ばれるものの最初の犠牲者であった。それは、ザルツブルクにまだ一つの爆弾も落とされていなかった時期のことであったけれども。一九四四年十月の半ば、澄み渡った秋空の日のお昼に、空襲が現実のものとなるまで、なお多くの人が、このようにして死んだ。彼らこそ、その後ザルツブルクを標的にして実行された空襲あるいはテロ攻撃と呼ばれるものの最初の犠牲者、落命した何百何千にものぼる人々のうちの最初の人々であった。私たちは、あの十月の日の昼ごろまで、まったく標的となることがなかった私たちの故郷の町に、いわゆる空襲・爆撃・テロ攻撃が行われることを恐れてはいたものの、心の中では、密かにそのような空襲・爆撃・テロ攻撃に「現実

＊1　ザルツブルクにあった建物。第二次世界大戦中に完全に破壊され、現存しない。

の体験」として直面することを、みんなが望んでいたのだ。そんな恐ろしい出来事を体験したことがなかった私たちは、（思春期特有の）好奇心に駆られて、それを待ち焦がれていたというのが正直なところだった。既に幾百ものドイツやオーストリアの町が空襲を受け、町の大部分が壊滅し、抹消されてしまったことは、知っていた。隠しておくのはそもそも不可能だったし、様々な人々の知らせや新聞報道を通じて、怖いほど信憑性のある事実として、耳にタコができるほど毎日、聞かされていた。それらの町に続き、私たちの町も空爆されること、それを、私たちは待っていたのだ。事実、十月十七日だったと思う。空爆があった。それまで何百回となく繰り返されたように、この日私たちは学校へは行かずまっすぐに、あるいは学校に行ってからすぐに、ヴォルフ・ディートリヒ通りを抜けてグロッケン通りから防空壕に入った。若者とはいつの時代も極めて鋭敏で、観察力に富み、センセーショナルなものに敏感なものだから、私たちはそこで、疑いなく恐ろしい、驚愕させる光景、しかしいつものこととなってしまった光景を見ていた。防空壕の中で立ったり座ったり横たわったりしている、程度の差こそあれ打ちのめされた人々、自覚しているのかどうか、ともかく戦争という凄まじい出来事にすっかり支配されてしまった人々、特に子供や生徒や女や老人たち、互いにどうすることもできず、ずっと戦争に命を狙われた状況が続く中、まるでこれが唯一の滋養でもあるかのように互いを疑り深く眺め、今やすべてを無表情に、空腹と不安に打ちひしがれた目で追いかけている人々がいた。大人たちの大部分は、どうにでもなれといった風で、まるでなす術もなく、とにかくすべてが終わりへと向かって行くことを甘受していた。壕の中で死んでいく人を見ることに、私たちを含めみんながもう慣れっこになっていた。訪れるのが毎日の日課となっていた場所、防空壕とその中の恐ろしい闇を、とうに受け入れていた。そうやって自分という存在を休みなく貶め、破壊していたのだ。この日のことだ。それまでなら警報が解除されるくらいの時間になって、予期しない轟音に驚かされた。途方もない地面の振動を感じたあと、穴の中を完全な静けさが支配した。みんなが顔を見合わせて、何も言わなかった。だが、沈黙を通じて語っていた。何ヶ月も前から恐れていたことが、今、現実になったのだと。実際、この地面の振動とそれに続く十五分ほどの沈黙のあと、まもなくあちこちで、町に爆弾が投下されたぞ、という噂が、あっという間に広がった。いつもとは違い、警報が解除されるとすぐにみんなひしめき合いながら外へ出て行った。何が起こったのか、自分の目で見ようとしたのだ。外で私たちが目にした風景はしかし、普段と少しも変わらなかった。この町が空爆されたなんてやっぱり根も葉もないことだ、そう思った。事実をすぐに疑い始め、以前から抱いていた考えにすぐ立ち返った。世界でも比類なく美しい町ザルツブルクが爆撃されるなんてありえない、という考えだ。それは、この町に住む実に多くの人が信じていた考えだった。空は透き通り、水色だった。爆弾が投下されたことを示すようなものは何も聞こえず、何も見えなかった。そこに、不意に声が聞こえた。旧市街が、つまりザルツァハ川対岸の市街地が破壊された、あっちは全滅だぞ、という声だった。私たちは空襲というものを別な風に考えていたのだ。きっと地面全体が大振動して、それから、それから……、そんな風に考えながら、リンツ通りを下った。すると、消防車のサイレンや救急車のサイレンなど、サイレンというサイレンが鳴りわたって、非常事態を告げた。ガーブラー醸造所の後ろを抜け、ベルク通りを歩いてマカルト広場に出たとき、突如、破壊の最初の光景が目に飛び込んできた。通りいっぱいにガラスの破片と砕かれた壁が散乱して、空中には、全面戦争に特有の匂いがあった。まもなく、モーツァルトの住家だったと言われる建物を、爆弾が直撃したことが、見て取れた。家は瓦礫の山となって煙を上げ、周囲の建物もひどく壊されていた。その光景はひどく恐ろしいものだったけれど、誰もそこで立ち止まろうとはせず、なお大きな破壊の跡を期待しながら、先へと、旧市街へと向かった。破壊の中心は旧市街にあることが予想されたし、そちらから聞こえてくる様々な音、これまで嗅いだこともなかった匂いが、はるかに甚大な被害を推測させていた。「国の橋《シュターツブリュッケ》」と呼ばれる橋を渡るまで、よく知っている街の様子に少しも変わったところはなかったが、旧市場《アルター・マルクト》に面した、良品を扱う店として知られるスラマ紳士服店が、遠くから見ても分かるほどにひどい被害を受けていた。祖父が、お金と機会があったとき買い物した店だった。店の窓という窓、ショウウィンドウのガラスが粉々に砕かれ、陳列されていた衣類はズタズタだった。戦時下のことだから高級品ではないが、それでもいいなと思うような品物ばかりだった。不思議なことに、旧市場《アルター・マルクト》に来た人々は、スラマ紳士服店の惨状をさほど気に留めることもなく、レジデンツ広場の方へと歩いて行った。私もほかの寄宿生たちと一緒にスラマ紳士服店の角を曲がったが、そのとき、なぜ人々がその場にとどまらず先へと急いだのか、分かった。いわゆる爆雷が大聖堂に命中していたのだ。大聖堂の円蓋が、身廊の中に陥没していた。レジデンツ広場に着いたときが、まさに絶好のタイミングだった。巨大な埃《ほこり》の雲が、不気味に口を開けた大聖堂の上に立ちのぼっていた。円蓋があった筈のところに今や、それと同じくらいに大きな穴が開いていた。スラマ紳士服店の角から、円蓋の壁に描かれた大きな天井画、大部分が残酷に引きちぎられた天井画をじかに見ることができた。天井画は今や、午後の陽光に照らされ、透明な青空の中に突き出ていた。まるで、この巨大な建築物、ザルツブルク旧市街を象徴するこの大建築の背中に凄惨な傷が負わされ、流血しているかのようだった。大聖堂の下の広場は、崩れた壁の破片で足の踏み場もなく、私たち同様にあらゆる方角からやって来た人々は、類まれなるこの光景、間違いなく、不気味にも魅力的なこの光景に、感嘆していた。眼前に見る光景は私にとって不気味にも美しいものであって、ゾッとさせるようなものではなかった。突然、私は戦争の絶対的残酷さに直面することとなったが、同時にこの不気味さに魅了され、数分間黙ったまま、破壊の過程のただ中にあるこの光景、ほんの少し前に爆弾が投下されて無残にも穴の開いた大聖堂と、広場の光景、強烈で信じられないこの光景を、じっと眺め続けたのであった。そのあと、ほかのみんなが向かっていくところ、堤防《カイ》通りへと歩いた。そこは、爆弾でほとんどすべてが破壊されていた。目の前で起こっていることをどうすることもできないまま、私たちは、長いこと煙がくすぶっている巨大な瓦礫《がれき》の山の前に立っていた。瓦礫の下には大勢の人が、おそらくもう死体となって埋まっていると言われた。この瓦礫の山と、瓦礫の山に登って必死に人間を探す人々を、私たちは見た。瞬く間に戦争の真っただ中に引きずり込まれた人々の、どうしようもない絶望、完全に不幸の手に落ち、貶められ、自らの寄る辺なさと無意味さとを本当に突然自覚することになった人間を、この瞬間に私は見たのだ。次から次へと救助隊が到着した。私たちは学生寮の規則を思い出し、はっとして引き返したが、それでも、シュランネ通りに向かったのではなくて、堤防《カイ》通りと同程度に破壊されたという噂の、グシュテッテ通りに向かった。グシュテッテ通りの、メンヒスベルクに昇るエレベーターの左側には、このころ、私の親戚の古めかしい持ち家があった。空襲のとき親戚一家は間違いなくこの家にいたのだが、この家だけを例外として、同じ通りのほとんどの建物が完全に破壊されていた。間もなく、親戚一家が生きていることを知った。縫製業を営む職匠とその一家。二十二台のミシンと、ミシンを使った作業に従事する雇人たちがいた。そのグシュテッテ通りへ向かう途中、ビュルガーシュピタール教会の前の歩道で私は、なにやら柔らかいものを踏んだ。それを目にしたとき、人形の手だと思ったし、同級生たちも人形の手じゃないかと言っていたけれど、よく見るとそれは、子供の体から引きちぎられた本物の手だった。それを見た瞬間だ。米軍による故郷の町へのこの最初の空爆は、少年の私を恍惚とさせる一大事件《センセーション》ではなくなり、このとき初めて、ゾッとさせる暴力の介入であり、大惨事となったのだ。私たちは、ビュルガーシュピタール教会前でのこの発見に悄然としながら、シュターツ橋を渡り、あらゆる理性に逆らって寄宿舎には帰らず、駅の方に歩いて、ファニー・フォン・レーナート通りに入ったのだが、そこでは消費組合の建物が爆弾の直撃を受け、店員が大勢死んで、鉄柵で囲まれた店舗の芝地には、麻布を掛けられた死体がズラリと横たえられ、幾つもの裸の足が埃をかぶった芝草の上に出ているのを、目の当たりにしたのだった。このとき、沢山の木棺を山のように荷台に積んだトラックが、ファニー・フォン・レーナート通りに入って来るのを初めて見たが、その瞬間、一大事件《センセーション》に対する私たちの中の恍惚感は完全に消えてしまった。今でも、麻布をかぶせられ、消費組合店舗の前庭に並べられた死体の光景を、はっきりと覚えている。今でも駅の近くに来ると、あの沢山の死体が私の目に浮かび、身内の人々の絶望した声が聞こえる。あの恐ろしい光景の中で動物や人間の肉の焦げる匂いが、今でも、いつファニー・フォン・レーナート通りに行っても、漂っているのだ。ファニー・フォン・レーナート通りでの出来事は、その後全生涯のあいだ私を傷つけてやまない決定的事件となり、体験となった。この通りは、今でもまだファニー・フォン・レーナート通りと呼ばれているし、消費組合の建物は同じ場所に再建されているが、そこに住んでいるか働いている人たちに、あのときこの場所で私が目撃したもののことを尋ねても、誰一人として、覚えている者はいない。時はいつも、生き証人を忘却の徒に変えるのだ。当時、人々はやまぬ不安に苛《さいな》まれていた。米軍機がひっきりなしに空を飛び、防空壕への避難は日常化していた。多くの人は、夜、寝るときも服を脱がなかった。警報が鳴ったらすぐ、トランクや鞄に最低限のものを詰めて防空壕に入れるよう、備えていたのだ。一方、自分が住んでいる建物の地下でも安全だと信じ込んで、そこに下りていくだけの人も少なくなかった。が、市街地の建物の地下は、爆弾が落ちれば墓場となった。しばらくすると、夜よりも昼に警報が出ることの方が多くなった。おそらく、ドイツ軍がすっかり防衛を諦めてしまった空を、障害もなく米軍が飛び回るようになったのだ。真っ昼間、一群の爆撃機がザルツブルク上空を、どこかドイツの町を目指して真直ぐ飛んで行った。そして四四年の終わりには、「敵機」と言われる爆撃機の轟音やプロペラ音を、夜間に聞くことは稀になった。それでも夜に警報が出たとき、サイレンが唸りをあげるとともに私たちはベッドから跳び下り、服を着て、規則どおり、明かり一つない路地や通りを抜けて防空壕に向かうのであったが、着いたときには壕の中はいつも満杯だった。警報が出ていなくても、日暮れとともに多くの家族が防空壕に向かったからである。警報を待つよりも、夜になったらすぐ防空壕に入って中で過ごす方がましだ、と考えたのだ。眠りについたあとけたたましいサイレンに驚かされ、防空壕めざして街中を走らされるよりは、と。ザルツブルクへの最初の空襲で大勢が死んだありさまを見て、幾千もの人が、湿った岩壁が黒光りする岩窟へと、常に命の危険が伴うところ、実際多くの死病の発生源でもあった防空壕の中へと流れ込んだ。そしていずれにせよ人を病気にしてしまうこの横穴の中で、大勢が命を落とした。一度、夜中に鳴り出したサイレンに驚き、目を覚ましたことがある。このときは何も考えず、ほかのみんなのあいだを抜けてトイレに行った。用を済ませて出てくると、共同寝室のベッドに戻り、すぐまた眠りに就いた。しかししばらくすると、頭に一撃を食らって目を覚ました。寮長グリューンクランツが私の頭を懐中電灯で殴ったのだ。私は飛び起きると、全身を震わせながら寮長の前に直立した。このとき、グリューンクランツが持っていた「棒型」懐中電灯の光に照らされ、ほかのベッドがすべて空っぽになっているのが見えた。瞬間私は、警報が鳴っていたことを思い出し、他の寮生がみんな防空壕に避難したことを悟った。私ときたら、ほかのみんなが服を着ているのに自分だけトイレに行き、警報が出ていることを忘れ、トイレから出ると物音一つしない真っ暗な共同寝室の中を、みんなは眠っているのだと思い込んで、手探りでベッドまで戻ると、またそこに横たわり、警報のことは考えず、すぐ眠り込んでしまったのだ。みんなとっくに防空壕にいたのに、自分だけ、だだっ広い共同寝室の中にいて、たったひとり、眠っていたのだった。だが、いわゆる「防空責任者」として見回りをしていたグリューンクランツは私を見つけて、ごく簡単に、頭を懐中電灯で殴ることで私を起こしたのだ。グリューンクランツは私にビンタを食らわすと、服を着るよう命じて、私の犯した規則違反に対してどんな罰を課すか考えておく、と言って（おそらくこの罰は、二日間朝食抜きの罰だった）、さらに、この建物の防空地下室に降りて行くよう命じた。地下室には、私が前から信頼を寄せていたグリューンクランツ夫人がいただけで、ほかには誰もいなかった。地下室の隅に座っていた夫人は、隣に座るよう私に勧めた。この、母親のような、いつもできるかぎり私を守ろうとする女性の存在が、心を落ち着かせた。私は、ほかのみんなと同じく起き上がったこと、しかし服を着てほかのみんなと一緒に防空壕に向かう代わりにトイレに行ったこと、そのあと警報を忘れ、寝室に戻って再び横になったこと、それが寮長である彼女の夫をひどく怒らせたことを話した。私を起こすため寮長が懐中電灯で頭を殴ったことは言わなかったけれど、罰を覚悟しなければならないことは話した。その夜、空襲はなかった。空襲警報はしょっちゅう繰り返されるようになっていき、寮の規則は無用の長物となった。何をしていようと、警報が出たらすぐ中断して、猫も杓子もみんな防空壕に向かった。サイレンが咆哮するさなか、人々の流れは防空壕に向かい、入口の前ではいつもひどい乱暴沙汰が繰り広げられた。入るときも出るときも、生来の冷酷さ、抑制のきかなくなった残忍さを露わにして、みんなが押し合いへし合いしていた。弱者は往々にして、踏みつけにされた。壕の中では、ほとんどの人がもう自分の位置を決めていて、いつも同じ顔ぶれが一緒で、グループが形成されていた。幾百ものグループが何時間も石の床にうずくまっていて、ときどき空気が薄くなるためにあちこちで気を失った人がいると、みんなが大声を張り上げた。そのあとまた、ひどく静かになることがよくあった。壕の中にいる何千もの人は、ひょっとするともうみんな死んだのかもしれない、と思われた。気を失った人は、外に運び出される前に、あらかじめ中に据えられていた木の長台に横たえられた。素っ裸の女が大勢、上に横たわっていたのを覚えている。この女たちの命を救うため、女や男の衛生師ばかりでなく、私たちもよく、手ほどきを受けながら協力してマッサージを続けた。壕の中の、ガリガリに痩せ、青白い顔をしたこの死の社会は、日を追うごと、夜を重ねるごとにおどろおどろしいものとなっていった。不安と絶望ばかりが支配する真っ暗な防空壕にうずくまり、この、死の社会に属する人々は、いつも死のことばかり、死についてしか、話さなかった。恐ろしい戦争にまつわるすべての情報、体験、あらゆる方角から、ドイツ全土から、全ヨーロッパからもたらされる数多くの死の報知が、防空壕の中で、いつも、この上なく切羽詰《せっぱつま》った様子で論評された。穴の中に座ったまま、真っ暗な中で、人々ははばかることなくドイツの滅亡と、空前の世界的な破局へと進んでいく現在の状況について、長々と自分の意見を述べ、疲労が極限に達するまで、やめなかった。壕の中のみんなが、心が完全に打ちのめされたような、凄まじい消耗に襲われることが頻繁にあった。

ほとんどの人は毛布の代りに服を掛け、長い列をなした塊となって、壁際に横たわって眠っていた。今にも死にそうな人の様子があちこちから聞こえ、見ようと思えばその様子を見ることもできたが、多くの人はもはや、少しも心を動かされることがなかった。このころ、私たち寄宿生はほとんどの時間を壕の中で過ごした。何かを学ぶとか、ましてや自習するとかいうことは、やがて考えられなくなった。にもかかわらず、寄宿舎での生活はいわば痙攣的に、病的に維持されていたのである。例えば、朝五時にようやく防空壕から寄宿舎に戻ることがよくあったが、規則どおり六時にはもう起床して、洗面所に行き、六時半ちょうどには学習室に入った。けれども精根尽きた状態だったから、学習室で自習することなど、もはや考えられなかった。そして往々にして朝食の時間が、防空壕への再出発に変わった。こんな具合で一日じゅう、学校にも、個人レッスンにも行けない日が繰り返されるようになった。この頃のことで思い出すことといったら、ほとんどいつも、ほかの寮生とひと塊で防空壕へ向かい、壕を出たあと寄宿舎に戻って行ったことだけだ。往きも帰りも、ヴォルフ・ディートリヒ通りを通って行った。食事の出てくる時間がだんだん不規則となり、食事そのものも日ごと劣悪となった。それは再び防空壕に向かうための単なる待ち時間に過ぎなかった。アンドレー学校での授業はまもなく完全に停止された。学校は、いわゆる「警戒警報」が出るとすぐ閉鎖され、全生徒が校舎を出て防空壕へ向かうよう指示されたが、毎朝九時にはもう警戒警報が発令されたのだ。八時に始まった授業はいつも、九時ごろ出る警報を待つだけの時間になった。教師はもう誰ひとりとして本来の授業に入らなかったし、誰もかれも、ただ警戒警報が出ることを、防空壕へ出発する事態を、待つのみであった。学校鞄はもはや開けられることがなく、いつでも持ち出せるように、卓上に置かれたままであった。警報が出るまで、八時から九時までのあいだ、教師は新聞記事の論評をしたり、犠牲者が出た惨事について話したり、ドイツのあちこちの有名な町が破壊されたという情報を伝達することに費やした。そんな状況にありながら、私は、ずっと英語とバイオリンのレッスンを受けることはできたのであった。午後二時から四時のあいだに警報が出ることはまずなかったからだ。バイオリン教師のシュタイナーは無頓着に、依然として自宅の四階でレッスンをしたし、英語を教えてくれた女の先生は、リンツ通りにあった宿屋の一階の、薄暗い食堂をいつも授業に使った。ある日、多分ザルツブルクに二度目の空襲があった直後だと思うが、リンツ通りのこの宿屋、ハノーファーから来た婦人が私に英語を教えてくれた宿屋は、瓦礫の山に変わっていた。建物がすっかり破壊されたなどとは露知らず、いつものように私は、英語を習うため、そこに行ったのだが、目の前に突如現れた瓦礫の山を前にして、茫然自失の状態だった。するとある人が（それは知らない人だったが、向こうはきっと私を知っていたのだ）教えてくれた。瓦礫の下には、この宿に泊まっていた人がみんな、つまり英語の先生も埋まっているのだ、と。私は瓦礫を前にして立ちながら、この見知らぬ人の話に耳を傾け、同時に、今やこの世の人ではなくなった英語の先生のことを考えていた。彼女は、ハノーファーの空襲ですっかり「焼け出された」あと（空襲・空爆・いわゆるテロ攻撃ですべてを失くした人のことを当時はそう呼んだ）、空襲が来そうもない安全な場所へ逃れる目的で、ザルツブルクに来たのであったが、またしてもここですべてを失ったばかりか、命まで奪われたのだ。かつて宿屋のあった場所、ハノーファーから来たあの女性が私に英語を教えてくれた場所には、今、映画館が立っている。当時の話をしても、誰一人として私の言うことを理解してはくれない。みんな、記憶をなくしてしまったかのようだ。あの時代に多くの建物が破壊され、多くの人が殺されたことについて、話を振ってみても、みんな、すべてを忘れてしまったか、当時のことはもう何も聞きたくないといった風に見える。今でもザルツブルクに行くたび、あの恐ろしい時代のことを繰り返し人に訊ねてみるが、みんな、頭を横に振るだけだ。私の中では昨日のように、あの恐ろしい光景が今もありありと目に浮かぶし、この町に入るやいなや、当時の音や匂いがたちまち蘇って来るというのに、町自体は、自らの記憶を消してしまったかのようなのである。実際、この町に昔から住んでいて、同じ体験をしたに違いない人たちと話しているとき、私は、神経をひどく逆なでされたような、まったく何も存ぜぬといった風の、ひどい健忘症的態度に出会う。まるで、類いまれなる無知、知らぬがゆえにとことんまで相手の心を傷つけずにはおかない態度だ。すっかり破壊されたあの宿屋の建物、つまり瓦礫の山の前に立って、ハノーファー出身の英語の先生があっという間に思い出でしかないものへと変わったことに気づいたとき、私は、泣き出したい気分ではあったけれど、泣くことすらしなかった。このとき、自分が、手に持っていた封筒に気づいたことを覚えている。封筒の中には、祖父が授業の報酬として先生に納めるべきお金が入っていた。家に帰ったら、空襲で先生がひどい死に方をするよりも前にお金は渡した、と言おうかどうか、考えた。あのとき自分がどうしたか、もう覚えていないから言うこともできないが、家に帰ったとき、私はきっと、授業料は先生が生きているうちに渡したよ、と言ったのだと思う。こうして、突然英語の授業はなくなり、バイオリンのレッスンだけが残った。バイオリンの授業を受け、厳しく神経質な教師の指示に従いながら、つまり一方ではシュタイナーの言うことに耳を傾け、これを実行しながら、他方ではバイオリンと関係のないことばかり考えて、それゆえにもちろんバイオリンの演奏で進歩するということもなく、私は、窓外のセバスチアン墓地を見下ろしていた。大司教ヴォルフ・ディートリヒの綺麗な丸屋根が付いた廟《びょう》を見下ろし、記念碑とも言える立派な墓の数々と、沢山の地下霊廟を見下ろしていたが、この時代、地下霊廟に入る扉は昔のように半分開いたままになっていて、恐ろしい、ゾッとさせる冷気を発していた。私は、ザルツブルク市民の名が刻まれた墓地のアーケードを眼下に見ていたが、名前の中には、私の親戚にあたるものも少なくなかった。墓地へ行くのは昔から好きだった。この嗜好を私は母方の祖母から受け継いだ。祖母は実に熱心に墓地へと、特に遺体安置堂や納棺の様子を見に行った。かなり幼いころから私は何度も墓地に連れて行かれた。死んだ人が誰であろうと、縁もゆかりもない人であっても、祖母はいつも棺台に載せられた遺体を指し示した。死者にうっとりとしていて、この感動なり情熱を私に伝染させようと努めていた。しかし、棺台の上の死体に向かって体を持ち上げられ、高く掲げられていると、私は怖がるばかりだった。今でもよく思い出すが、祖母が私を連れて遺体安置堂に入り、棺台に横たわる死者が見えるようにと私の体を高く持ち上げ、腕の力がなくなるまでずっとその姿勢を続けて、「見えるかい、見えるかい、見えるかい」と繰り返し問うたとき、仕舞に私が泣き出したことがあった。すると祖母は私を地上に下ろしたが、そのあともずっと棺台の遺体を眺めていて、しばらくしてからようやく私の手を引き、外へ出たのであった。祖母は、週に何度も私を墓地と遺体安置堂に連れて行った。頻繁に墓地を訪れたのだ。まずは一緒に親戚の墓を訪れ、それから長いことほかの墓や地下霊廟を眺めたが、おそらく一つの墓も見落とすことがなかった、それぞれの墓がどんなものか、どんな状態になっているか、何でも知っていた。墓や霊廟に刻まれた名前をいつも全部知っていたから、祖母はどんな人たちと話しても、話題が尽きるということがなかった。そして正直なところ私も、墓場にはずいぶん魅了されていて、祖母と一緒に霊園にいるとき、常にうっとりとした気持であった。祖母は墓地を訪ねること、墓をじっと観照すること、棺台に横たわる人を観察することばかりを、私に教えた。祖母にはいわばお気に入りの霊園があったし、人生のいずれかの時代に初めて訪れ、その後も繰り返し行くようになった墓地、人生の道標ともなった墓地が各地に、メラーン、ミュンヒェン、バーゼル、テューリンゲンのイルメナウ、シュパイヤー、ウィーン、そして故郷ザルツブルクにあった。ザルツブルクの墓地で祖母が好きだったのは、世界で一番美しいと言われる聖ペーター教会墓地ではなく、市営墓地の方だった。そこには私の血縁のほとんど、その伴侶のほとんどが葬られている。しかし私にはいつも、セバスチアン墓地が一番不気味に思われ、それゆえまた一番雰囲気のある墓地であって、何度もセバスチアン墓地に行っては、何時間ものあいだ孤独に、死に憧れる瞑想に耽ったものだった。バイオリンの教授を受けているあいだ、セバスチアン墓地を見下ろしながらいつも考えた。シュタイナーから解放され、下にあるあの墓地に行って、ひとりの時間を過ごせたら、と。祖母から教わったとおりに、墓から墓へと逍遥して死者を思い、死を思い、墓と墓のあいだや墓の上に現れた自然を眺め、外界から完全に遮断されたあの場所で、季節の訪れを、四季が交代していく様子を眺めることができたら、そう願った。セバスチアン墓地はこのころ入口の扉が開いたままになっていたが、墓を所有する家庭の多くは、もう墓の手入れをしていなかった。私はよく、転がり落ちた墓石の上に座って、寄宿舎の生活からのがれ、心を落ち着かせるために、ここで一、二時間のときを過ごした。シュタイナーは初めは三分の二サイズのバイオリンで、あとになるといわゆる普通サイズのバイオリンで私にレッスンを施したが、理論的な内容を教えるときも実践的なレッスンのときも、基礎力育成用のシェフチク教程の中から、一つ一つの楽節を自分で奏でて見せた。私はそれを真似て弾かねばならないのであった。繰り返し繰り返しシェフチクを弾いたあと、時間をかけてゆっくりと古典派ソナタや他の楽曲に移った。シュタイナーは私の注意を促すため、ある特定の、だが決して予期できない瞬間に、弓で私の指を叩いた。この注意は、シュタイナー自身にとって好都合な、すっかり彼自身のリズムとなった間合いで繰り返された。彼はほとんどいつも腹を立てていたのだ。なぜなら私が散漫で、バイオリンを教わることに抵抗感があって、そうした私の反感が早くも病的様相を呈していたからであったが、それというのも私は音楽をこの世でもっとも美しいものと思い、バイオリンを弾いて音楽を奏でることにこの上ない喜びを感じていた一方、あらゆる理論や学習、つまり、絶えず最大の注意を払ってレッスンの規則を守り、進歩を示さねばならないことを、憎んでいたからであった。私は、自分の感覚では非常に優れた演奏をした積もりだったのに、譜面と比較してみると、ごく簡単な曲すら完璧には弾けていなかった。もちろんこれは、シュタイナーを激怒させずにおかなかった。シュタイナーがそれでもレッスンを続けたことが、不思議でならなかった。ぱったり中断して、私をそしり罵《ののし》ったうえで、バイオリンを持って家に帰れ、と言わなかったことが不思議でならなかった。私が奏でる音楽は、素人が聴けば並外れたものであったし、自分の耳にも最高の、このうえなく刺激的なものに響いたけれど、まったくもって我流の産物であり、音楽の数学的ルールとはちっとも関係がなく、ただただ私の聴覚にのみ即したものだったのだ。とはいえ、「これは君の高度に音楽的な感性が高度な音楽的聴覚として表れたものだ」、とシュタイナーは幾度も言った。授業料を納めていた祖父にいつも、「お孫さんの創る音楽には極めて高い音楽的才能が表れています」、と言っていたけれど、自分を慰めるために弾いていた私のバイオリンは、根本においてディレッタンティズムであり、自分のメランコリーを引き立てる音楽であって、当然、規律を守らねばならないレッスンでの進歩を妨げたのである。要するに私はバイオリンを秀逸に弾いたが、一度も譜面通り弾くことはできず、そのためシュタイナーはどんどん不機嫌になっていったばかりか、仕舞には怒りを露わにした。私の音楽的才能には間違いなく最高のものがあったが、規則を逸脱している程度、いわゆる放縦さにおいても、最高のものがあった。バイオリンのレッスンが回を重ねるにつれ、シュタイナーの努力が見込み薄であることが明らかとなっていった。私は、バイオリンと英語の授業というこの正反対の二つの訓練のおかげで、規則的に、正確に同じ間隔をあけて寄宿舎から外出することができたのだが、いつも私を安心させ、とても几帳面に授業をしてくれ、どんなときも親切で私の方もどんどん好意を抱くようになったリンツ通りの英語の女の先生と、私を苦しめ、しょげさせるばかりであったヴォルフ・ディートリヒ通りのシュタイナー、すなわち週に二度の英語の授業と週に二度のバイオリンのレッスンは、シュランネ通りで味わった厳しさ、やむことのない調教、心を傷つけずにおかない拷問から、私の気分を転換させて、なんとか心の平衡を取り戻させてくれていた。ところが、ハノーファーから来た婦人が死んで英語の授業が行われなくなると、完全に心の平衡を失った。ヴォルフ・ディートリヒ通りのバイオリン・レッスンばかりでリンツ通りの英語の授業がなければ、それは私にとって寄宿舎が意味していたすべてに対する対極でもなければ、補償にもならなかった。バイオリン・レッスンだけなら、寄宿舎で耐えねばならなかったものをただ強めるだけだったのだ。バイオリン演奏という芸術を私に教えるのは、いかに見込み薄なことであったか――私を芸術家にしようというのが、おそらく祖父の願いだった。私が芸術家的人間だということ、この事実が祖父を唆《そそのか》して私を芸術家にしようという目標に向かわせた。そして祖父は、自分にいつも愛情ばかり示してくれる孫のために、自分の愛情をすべて注ぎ込んで私を芸術家にしようと、絶えず色々なことを試みたのである。芸術家的人間を芸術家にしようと、音楽家か画家にしようと考えたのだ。というのも、のちに私が寄宿舎を出たあと祖父は、絵画を学ばせようとして私を画家のところにも行かせた。そして、少年の私、青年期に入った私に、何度も偉大な芸術家の話をしてくれた。モーツァルトやレンブラント、ベートーヴェンやダ・ヴィンチ、ブルックナーやドラクロワといった芸術家の話だ。自分が崇めるすべての偉大な芸術家のことを語り、まだ子供の私に、繰り返し執拗に、偉大なるものを指し示し、偉大なるものに注意を向け、その偉大さを理解させようと努めた——しかし、バイオリン演奏という芸術を私に修得させる見込みが薄いことは、回を追うごとに明らかになっていった。私は、愛する祖父のためにバイオリンで進歩したいと願い、バイオリン演奏の芸術で何事か成し遂げたいとは思っていたが、祖父の意に沿おうとする気持ち、私を演奏家にしたがっている祖父の願いを叶えようという意志だけでは、充分ではなかったのだ。私はレッスンのたびにひどく惨めな失敗をし、それを見るとシュタイナーはいつも、私の失敗を「犯罪」と呼んで非難した。私ほどに「高い音楽的才能を持った」者が「注意散漫」であるとは、そもそも最大級の罪だ、何度もそう言った。「君は君のお祖父さんがレッスンのために払ったお金を窓から投げ捨てている」、と言ったが、私もそのとおりだと思い、恐ろしいことだと思った。「でも、君のお祖父さんは本当に親しみの持てる人だから、私は面と向かって言うことはできないのだ、お孫さんをバイオリンでひとかどの者にしようなんて、考えない方がいいですよ、なんてね」、とシュタイナーは言った。それにきっと彼は、戦争終結が近づいたあの混沌とした時代、実際すべてが、もちろん私のことも、どうでもいいと思っていたのだ。私は、打ちのめされてはいたけれど、幾度となく魔女の塔《ヘクセントゥルム》の横を歩き、ヴォルフ・ディートリヒ通りに通ずる道を往復した。バイオリンは私にとって貴重な、憂愁の楽器であった。前に書いたとおり下足室に籠もって、前に書いたとおりの精神状態に浸らせてくれたから。ザルツブルクの町には、大勢の親戚がいた。幼いころ、田舎から町に出たおり、よく祖母に連れられて、ザルツァハ川両岸にある古めかしい親戚の家を幾つか訪ねた。けれども寄宿舎にいたころには、ちっとも親戚を訪ねようなどと思わなかった。何百人もの親戚が当時ザルツブルクに住んでいたし、今でも何百人と住んではいるのだけれど。親戚を訪ねてもどうしようもないことを本能的に感じていたし、彼らが日々愚鈍ばかりを消費する産業にすっかり身を捧げていることを、当時も今も本能的に感じ、また、実際目の当たりにもしていたのだ。そうした親戚に自分の窮状を訴えても、何の助けにもならないと思った。まったくの無理解に突き当たるのが関の山だし、今でも彼らのところに行ったら、まったくの無理解に突き当たることだろう。家の用事が色々あるたび、祖母に手を引かれて親戚の家を（その一部はかなり裕福だった）次から次へと訪れた少年は、おそらくすぐに彼らを見抜いてしまい、まったくもって正しい反応を示した。つまり、二度と訪問しなかった。彼らは町のあちこちの古い路地や古い広場で、家壁に守られ、結構な収入があり、かなり裕福な生活をしていたのだが、それでも少年はそこを訪ねることはなかったし、訪ねるくらいなら、破滅を選んだだろう。彼にとって親戚たちは、初めからずっと、嫌悪ばかりを催させる存在であり、何十年にも渡って嫌悪すべき存在でしかなかったのだ。自分の家の財産ばかりに注意を払い、評判だけを考え、カトリック的、ナチス的愚にすっかり一体化していた彼らは、寄宿舎から来た少年に何も言うことはなかったし、ましてや、助けを求めてやって来た少年に、手を差し伸べることもなかった。反対に、この少年がひどく危険な状況にあったとしても、ただ嘲って、彼を完全に打ちのめしたことだろう。この町の住民はとことん冷たいのだ。彼らが毎日食べていたパンは意地汚く、彼らが特に得意としたのは、意地の悪い計算だった。沢山の心配、幾百もの絶望があっても、こうした人間たちからはまったくの無理解しか期待できないことが分かっていたから、少年は一度も親戚を訪ねることがなかったのだ。それに、親戚たちに関して祖父から聴いていたのも、恐ろしい話ばかりであった。だから、寄宿舎に住むほかのどの生徒よりも多くの親類縁者がこの町にいた私ではあるのだが、――ほとんどの寄宿生はザルツブルクの町に親戚がいなかった――その私が同時に、みんなのうちで一番寄る辺ない存在でもあったのだ。どれほど困ったことがあっても、私は決して、一人の親戚も訪ねることがなかった。家の前を通り過ぎたことは何度もあったけれど、一度として入っていくということがなかった。祖父にしてからが既に、あまりに多くの侮辱をザルツブルクの人たち、特に親戚から味合わされていた。その親戚の家に入っていくことは、私にはできなかった。訪ねる理由は沢山あったと思う。しかし、最後はいつも、入って行かないただ一つの理由が勝った。この人たちと係りあいになること、それを、とにかく自分に許す気になれなかったのだ。親戚のひとりひとりは、この町によって、この町の冷たい致死的な雰囲気によって、冷酷な、死んだ人間のようになってしまい、ひどく理解のない態度、ひどく非人間的な態度しか持ち合わせなかった。祖父にしてからが、ザルツブルクの親戚たちによってこっぴどく欺かれ、失望させられていた。祖父が助けてくれと頼み、当てにすることができると考えたそのとき、彼らは、祖父をことごとく騙して、これ以上ないくらいに深い不幸へと突き落とした。親戚たちは、祖父が学生としてにっちもさっちも行かなくなったとき、そして、のちに外国で失敗して故郷に戻ってきたときも、力になろうとしなかった。今から考えると、祖父はひどく恐ろしい、このうえなく悲惨な状態で自分の故郷に、故郷の町に帰って来たのだ。ところがそこで、力になってもらえる代わりに、親類縁者をはじめ、全ザルツブルク市民から徹底的に侮辱され、完全に打ちのめされてしまった。のちの、祖父の死にまつわる出来事は、これに輪をかけて悲しく、同時に馬鹿馬鹿しい話なのだが、それはこの町のあり方、町の指導層や住民たちのあり方を示す、これ以上ないほど典型的な例となった。祖父は棺に入れられ、十日間、マックスグラーンの墓地に置かれていたのだ。マックスグラーンの神父は、祖父が教会による婚姻をしていないからというので、埋葬を拒否した。残された妻、つまり私の祖母と、息子である私の叔父は、祖父の遺体を、これを管轄すべきマックスグラーン墓地になんとか埋葬してもらえるようにと、人間にできる最大の努力をした。それでも祖父自身が望んでいたマックスグラーンの墓地に埋葬することは許可されなかった。そして、祖父が嫌っていた市営墓地を除いてどの霊園も、カトリック教会が管轄する市内のどの墓地も、祖父の遺体を受け入れようとはしなかった。祖母と叔父は墓地という墓地を訪ね、祖父の遺体を引き取って埋葬してもらいたいと懇請したが、教会にいいいいいいいいいいよる婚姻をしていないという理由から、カトリックが管轄しているどの墓地も、引き取ろうとはしなかったのである。それが、一九四九年のことなのだ！　祖父の息子である私の叔父が大司教のもとを訪ね、市内にあるカトリックの墓地はどこも受け入れてくれないし、既に腐敗が進んでいる自分の父、すなわち私の祖父の遺体をどこに持って行ったらよいか分からないので、これを大司教宮の玄関前に置くことにする、と言ったとき、ようやく大司教は、祖父の遺体をマックスグラーン墓地に埋葬することを許可したのだ。おそらく、この町でこれまで催されたなかでもっとも悲しい葬儀の一つであり、聞いたところによると、思いつく限りの侮辱を受けながら行われたこの葬儀に、私自身は、重い肺病を患って病院に寝ていたため、出席しなかった。祖父の墓は現在、「名誉市民の墓」になっている。この町の人々は、何を考えているか分からないと思われる輩をすべて追放し、金輪際《こんりんざい》、どんな事情があろうと、再度迎え入れてくれるということがない。私はそれを経験から知っている。私にとってこの町は、幾百もの悲しく低俗で凄まじい経験、実際、殺人的と言っていい経験によって、次第に耐えがたいものとなったし、今に至るまで、基本的に耐えがたい町なのだ。そんなことはないなどという主張は、どれも間違いであり、嘘、誹謗《ひぼう》だ。これは今、ここに書いておかねばならない。あとになってからでは遅い。この瞬間、今こそ書いておかねばならない。少年期から青年期の私、とりわけザルツブルクで学校に通っていた当時の私に身を置いてみることができる、今この時にこそ！今という時を徹底的に利用して、当時の真実、現実と事実、少なくともそのあらましを正しく伝えねばならないのだ。今こそが、このような概略に不可欠な仮借ない率直さで、言っておかねばならないこと、触れておかねばならないことを表現できる瞬間なのだから。時はあまりにも簡単に、一気に、潤色と許しがたい希薄化をもたらしてしまう。私が学校に通っていたころ、ザルツブルクの町は色々な面を見せた。だが、この町がただ美しいだけの町ではなかったこと、辛抱できるような町ではなかったこと、記憶を改竄《かいざん》して今、許すことができるような町ではなかったこと、それだけは確かだ。ザルツブルクは、常に私を苦しめる町でしかなかったし、当時少年であり、また青年期にさしかかっていた私に、喜び、幸福、安心感を与えてくれることはなかった。この町は、商売のためか、それとも単に無責任からか知らないが、よく主張されているような、若者が大切にされ、障害なく成長できるような、必ず愉快で幸福でいられるような、そういう町では絶対になかった。そうした愉快で幸福な瞬間を私がこの町で味わったことは、指で数えられるくらいしかなかったし、あったとしても高い代償を支払わねばならなかった。そして、今でも私がこの時代を人生の最も暗い、あらゆる意味で最も苦しい時代だったと思うのは、それが不幸な時代だったという理由もあるかもしれない。戦争があり、戦争によって町の表層が荒廃し、荒廃した町の表層に生きる人々は、自然や人間を略奪することばかり考えていた。そういう心理状態に置かれていた。ドイツが、そして全ヨーロッパが没落し、真っ暗闇の状態だった。一方、私の生まれながらの気質が特に繊細だったということもある。生来私は、あらゆる自然環境に対して高度に、いつも決定的に敏感で、あれやこれやの自然条件に、基本的にいつも完全に左右されるのだが、時代と人間と自然そのものが闇に包まれていたあの時代、私の生来の感受性は特別に影響を受けやすかった。しかし、それだけではない。この時代を私が人生のもっとも暗い、あらゆる意味でもっとも苦しい時代だったと考えるのは、今述べた二つの事情以上に、この町が当時持っていた（そして今も持っている）死へと至らしめる精神、致死的土壌のゆえなのであり、この致死性は、私ひとりにのみあてはまるものではないのだ。世界が讃えるこの町の美しさ、この風景の美しさ、しかも、やむことなく、いつもひどく無思慮に、実際、許しがたいほどの調子で讃えられるこの町とこの風景の美しさは、この致死的土壌の上では、まさに死に至らしめる要素なのである。出生によって、あるいは他の、自分の罪ではない厳しい事情によってこの町とこの風景に結び付けられ、暴力にも近い自然の力でここに繋ぎとめられている人々は、絶えず、世界的に有名なこの美によって圧殺される。世界的に有名なこれほどの美が、あれほど反人間的な気候風土と結びついているのは、致命的だ。そして、まさにこの場所、私が生まれついたこの死の土壌こそ、私の故郷なのであり、他の町や他の風景ではなく、この（死に至らしめる）町、この（死に至らしめる）風景こそが、私の故郷なのだ。今、この町を歩き、この町とは何の関係も持ちたくないし、ずっと前からもう何の関係も持ちたくなかったから、この町は自分とは何の関係もないのだ、そう考えてみたところで、私の中の（そして私にまつわることの）すべては、この町から来ているのであり、この町と私とは、恐ろしい関係ではあるけれども、生涯にわたる、切り離しがたい関係をなしているのである。というのも、私の中のすべては、実際、この町とこの風景に結びついており、ここに還元されるのであって、何を考え何をしていても、この事実を私はますますはっきりと意識するのだ。いつの日か私は、この意識ゆえに、この事実を強く意識し過ぎるようになって、身を滅ぼしてしまうだろう。私の中のすべては、私が由来する場所としてのこの町に売り渡されているのだから。しかし、今なら難なく耐えることができ、容易に無視することができるものを、学校時代の私は、耐えることもできなければ無視することもできなかった。私が今ここで問題にしているのは、少年のころの、まったく寄る辺のない、頼るものもなく途方にくれていた状態のことであって、この寄る辺のなさは、あの無防備な年頃には、誰もが経験するものなのである。あの時代、心はいとも簡単に砕かれてしまった。心が陰鬱にされ、真っ暗にされる、すなわち破壊されるということは、誰にも、一人の人間にも知覚されることがなかったし、これが病んだ状態であり、死の病だということは、気づかれず、この病に対して何の処置も講じられることはなかった。寄宿舎や学校で、とりわけグリューンクランツとその助手たちによって（虐げられ、）意のままにされているという事情が一方にあり、戦争の情勢と、その由々しさゆえに親戚たちに敵愾心《てきがいしん》を持っているという事情がもう一方にあって、この若者が町のどこにも自分を守ってくれる支えを持たなかったという事実は、彼をどんどん不幸にしていき、まもなく、唯一の希望は、寄宿舎が閉鎖されるという一点のみに向けられた。寄宿舎の閉鎖は、二回目の空襲のあとにはもう噂されていたけれど、四回目、五回目の空襲があったあと、ずっと経ってから、ようやく実現された。とはいえ私自身は、三回目の空襲のあと迎えに来た祖母によって、田舎に住んでいる祖父母の家に連れ戻されたのである。二人は、ザルツブルク市が被った最大の空襲であるこの三回目の空爆を、三十六キロ離れた安全なトラウンシュタイン市の近郊、エッテンドルフの家から目撃し、空襲がザルツブルクの町に与えた壊滅的影響について聞いたのであった。この空襲で、寄宿舎の真向かいにあった「シュランネ」と呼ばれる建築物、中世に建てられた大きな丸屋根付きの市場の建物が完全に破壊された。破壊の瞬間に私は、防空壕の中ではなく、寄宿舎の地下にいた。なぜかは思い出せない。寄宿生のうちで私だけが、グリューンクランツ夫婦と一緒に地下室にいたのだ。この空襲のとき、周囲の建物で多くの犠牲者が出た。私たちが生きて再び地上に出られたのは、奇跡としか言えない。空襲のあと、町は大混乱だった。私は、破壊によって舞い上がった埃がまだ空中に漂っているあいだに、二階の廊下にあった自分のロッカーも破壊され、中に入れてあったバイオリンが首から折れているのを見つけた。攻撃そのものが恐ろしいものだったということ、それは実感したけれど、それでも、バイオリンが使えなくなって、嬉しかったのを覚えている。バイオリンが破壊されれば当然、私が愛していると同時に心から憎んでいたこの楽器における私のキャリアも、終わりであったから。このあと、ずっとバイオリンを手に入れるのは不可能だった。その後、二度とバイオリンを弾いたことはない。最初の空襲からこの三度目の空襲までのあいだ、それは、私にとって間違いなくいっ、いっ、いっ、いっ、いっ、もっとも忌まわしい時代であった。私たち寄宿生はこの期間、以前と変わらず共同寝室のドアを勢いよく開けて怒号するグリューンクランツの声に驚かされ、ベッドから跳び下りた。今でもときどきグリューンクランツは、ドア枠の中に立った当時の姿で、眼前に現れる。重厚な突撃隊の長靴を履き、ドアの枠組に力いっぱい体を突っ張りながら、共同寝室の中へ「おはよう！」と叫ぶナチス党員、グリューンクランツの姿が私の眼前に現れるのだ。寄宿生たちは、入口を半分ほど塞いだまま立っているグリューンクランツの横を抜け、洗い場に駆け込んで行った。誰もが自分なりのやり方で、まるで家畜のように、長い洗面台に駆け寄った。そこでは一番乱暴な連中がいつも他の寄宿生を圧倒した。飼い葉桶に似た七、八メートルの長さの洗面台には、寄宿生全員が立てるだけの余地がなかったから、力の強い者が先で、弱い者があとだった。強い者はいつも弱い者を押しのけた。弱い者を押しやり、退け、いつも同じ強者が、長い洗面台の前に、そしてシャワーの下に自分の場所を確保した。彼ら強者は好きなだけ長く洗い、好きなだけ長く歯を磨くことができたけれど、逆に弱い者たちは、洗い場を使う時間が十五分に限られていたから、きちんと顔や体を洗って歯を磨くことが、ほぼいつもできなかった。私自身、強者の側に属してはいなかったから、いつも不利な状況に置かれた。以前と変わらず、談話室でニュースを謹聴するよう定められていて、前線からの特別報知は直立不動で聞いていなければならなかった。以前と変わらず、日曜日にはヒトラーユーゲントの制服を着て、ヒトラーユーゲントの歌を歌わねばならず、以前と同じようにグリューンクランツの厳しい、恥知らずな、頑固な振る舞いに虐げられ、この人間への恐怖をますます募らせていった。けれど、そのグリューンクランツ自身、この時期には恐怖感に苛まれていたことが、彼の行動のすべて、顔、あらゆる態度から分かった。彼が育んできたナチス的夢と計画は、実現しそうになかったばかりか、もう少ししたらおそらく完全に破壊されてしまうだろうことが、彼の頭を常によぎっていたのだ。そしてグリューンクランツは、あらゆる望みが潰《つい》えてしまうことを恐れつつ、今一度、彼の本性である残忍性と卑劣のかぎりを尽くして、私たちを虐げたのだった。以前と同じように私たちは、アンドレー学校に通っていた。が、この時期の授業は時間割とまったく関係がなく、週にたったの二、三時間しかなくて、もう授業と言えるものではなかった。不安に駆られながら漫然と教室に座って、警報と、警報に続くものを待つ、ひたすら待つだけなのであった。警報が鳴れば教室から飛び出し、全員が廊下や校庭に整列して、歩き出し、列を崩さずヴォルフ・ディートリヒ通りを抜けて、グロッケン通りに入り、防空壕の中へ入って行くのだ。以前と同じように私たちは、防空壕の中で、そこに避難してきた人々、往々にしてそこで不意に死んでしまう人々の悲惨さを目の当たりにしていた。わんわん泣く子供たち、ヒステリックに喚《わめ》く女たち、しくしく涙を流す老人たちがいた。私はこの時期、以前と変わらずバイオリンのレッスンを受けており、バイオリン教師シュタイナーの命令と、私をこきおろす言葉に晒《さら》されていたので、シュタイナーの家へ行く、あるいはシュタイナーの家から帰るときは、鬱々《うつうつ》とした気分でヴォルフ・ディートリヒ通りを歩いていた。私は以前と変わらず読みたくもない本を読み、書きたくもないことをノートに書き、嫌でたまらない知識を自分の中に詰め込まねばならなかった。以前と同じように私たちは、爆撃機の襲来のために夜、寝床から引きずり出されてはいたけれども、警報が鳴るよりも先に爆撃機の群れが現れることもよくあった。真っ昼間、空を飛ぶ爆撃機の隊列に驚かされたあと、そのブンブン鳴り響く音の中でようやく警報が鳴り始めることがあって、情報伝達の混乱がうかがわれた。新聞には戦争の恐ろしい光景ばかりが溢れ、いわゆる総力戦がどんどん近づいていることが、ザルツブルクでも感じられるようになった。この町が爆撃されることなどありえない、という迷信は吹き飛ばされた。兵隊にとられていた寄宿生の父親やおじさんたちに関しては、悪い知らせしかなかった。寄宿生の多くはこの時期に父親やおじさんを失った。次から次へと戦死者の知らせがもたらされた。私も、私の後見人と叔父の消息を長いことまったく聞かなかった。母の夫である私の後見人はユーゴスラヴィアで、母の弟である叔父は、ずっとノルウェーで軍務に就いていた。郵便はもはや機能していなかったけれど、それでも何か持って来るとすれば、いつも悲しい、愕然とさせる知らせばかりだった。多くの場合、ごく近しい人の死亡通知だ。それでも以前と変わらず、多くの家壁の中から、ナチの歌を歌う声が聞こえたし、私たち自身、相変わらず談話室でナチの歌に唱和した。老練の合唱指揮者グリューンクランツが、半分引っ込めた長い腕を短く角張った動作で動かしながら、指揮をした。私は、ふた月に一度は祖父母のもとに帰って週末を過ごした。彼らの家にいれば、終わりを迎えつつある戦争の本当の経過を知ることができたのだ。覚えているが、祖父はいつも夕方と夜中にカーテンを閉め、外国の、特にスイスのラジオ・ニュースを聴いていた。私はよく、放送のあいだ音を立てずに祖父の横に座って、内容は少しも理解できなかったけれど、注意深く耳を傾けている祖父にニュースが与える影響を、観察していた。禁じられていたラジオ・ニュースを祖父母が受信していたことは、隣家の知るところとなり、通報されてしまった。それで祖父は、近くにあった旧修道院の建物にしばらく滞在を強いられたのである。それは、ナチス親衛隊が収容所として使っていた建物だった。このころ私たちは、以前と同じように起床後十五分したらもう学習室に入り、アンドレー学校での授業の予習をしなければならなかった。とはいえ、本来の意味での授業などもうなかったから、私たちの誰一人として、何をすればいいのか知らなかった。グリューンクランツに対する私の恐怖は、以前と同様、どんどん膨らんだ。グリューンクランツは、どこであろうと私を見つけさえすれば、理由もなく私の名を呼びながら平手打ちを食らわした。グリューンクランツが現れる、私の名を呼ぶ、そして平手打ちを食らわす。どこであろうと、私という輩《やから》が不意に目の前に現れたことが、平手打ちを食らわす当然の理由ででもあるかのように……。寄宿舎にいた期間を通してずっと、週に二、三度は必ずグリューンクランツから平手打ちを食らった。が、特によく平手打ちされたのは、朝、学習室に遅れて入ったときだ。しかも私は、学習室に入るのがいつも遅かった。共同寝室と洗面所で、何度も強者たちに押しのけられ、そのあとまた共同寝室と廊下で強者たちに押しのけられていたのだ。そして、ほかの弱者たち、いや、どちらかといえば弱い方に属する寮生たちも、同じ目にあった。彼らは抵抗することができず、強者たちの日々の犠牲者だった。強者とは言っても多くの場合、ほんの少し力が強かっただけなのだけれど。グリューンクランツにとって、弱者と、弱者に近い寮生、軟弱ゆえにほとんどいつも遅れて来る寮生たちは、平手打ちの格好の餌食だった。彼は弱者、または単に弱者の側に組み入れられているだけの「人員」(グリューンクランツの言)を、彼自身の病的でサディスティックな気分を紛らわすために濫用したのだ。町には依然として難民が溢れ、日々、何千人とは言わないまでも何百人もの難民が、新たに到着して、前線はどんどん後退していき、民間人のあいだに徐々に軍人が大勢混じるようになった。みんな、最大限神経を張りつめた状態で一緒に生きていた。今にも爆発しそうな雰囲気は、私たちから見ても分かるほどで、すべてが、この戦争が敗北に終わることを示していた。祖父はずっと前から、この戦争は負けだと言っていたが、寄宿舎ではもちろん負けという言葉が口にされることはなく、正反対のことが言われた。グリューンクランツは相変わらず勝利の気分を伝えようとしていたが、今では自棄《やけ》気味になっていて、寮内でも、彼の言葉を信じる者はもういなかった。私はグリューンクランツ夫人が可哀想でならなかった。彼女はおそらくいつもこの男に苦しめられていたのだ。実際、グリューンクランツはその意地悪な性格を今やあからさまにして、特に夫人が、その意地悪の犠牲者であった。ザルツブルクのシュターツ橋は、かなり早い時期に取り外され、代わりに応急措置として木の橋が架けられたのを覚えている。市内でもっとも大きな工事現場となったこの場所では、ロシア兵捕虜たちが強制労働者として、薄汚い鼠色《ねずみ》の、継ぎはぎだらけの服を着せられ、飢えて痩せ細った体で、橋の支柱にぶら下がり、土木技師と現場監督に容赦なく急き立て《せた》られながら働いていた。今でも目に見える。ロシア人の多くは力尽き、ザルツァハ川に転落して流されたと言われる。町は、急に凋落した印象を与えた。ごく短期間でザルツブルクも空襲に曝され、あっという間に面目を失っていくドイツの町の一つに過ぎなくなった。四四年秋のほんの数週間、ほんの数ヶ月のあいだ、町は醜く、醜く変わっていった。家々の窓は、わずかな例外を残してすべて破壊され、多くの家並みにそもそも窓がなくなって、ダンボールや木版で覆われているばかりだった。ショウウィンドウから商品がすっかり片づけられた。今やすべてがギリギリの状態であった。このザルツブルクの町は、空襲とそれがもたらした結果によって姿を変え、あっという間にその醜さと凋落の度合いを増し、そのうえここに押し寄せて来た何千人もの難民により、すこぶる混沌とした姿へと変貌していたけれど、まさにその醜さと凋落ぶりとが、突如としてこの町に人間的風貌を与え、それゆえに私は、故郷の町であるこのザルツブルクを、前にも後にもなかったことだが、この時代にのみ、本当に心から愛することができたし、事実、心から愛したのであった。今、最大の苦境にあってこの町は、忽然《こつぜん》と、今までそうであることが決してできなかったもの、すなわち、絶望してはいても生き生きとした、都市有機体へと、一つの自然へと変貌したのである。まさに絶望そのものに見舞われた現時点まで、死んだ偽りの美の殿堂であったこのザルツブルクは、今や人間性で満たされ、石化した蒙昧《もうまい》そのもの、死せる肉体であったものが、完全なる絶望と逃げ場のない状況の中で、不意に、耐えられるもの、愛することができるものに変わったのであった。町の人々は今や、食料配給の知らせばかりを待ち、とにかく生き延びることしか考えていなかった。どんな方法で生き延びるか、それはどうでもよかった。彼らにはもう何の要求もなく、あらゆる点で完全に見放されていて、見た目にもそれが現れていた。ごくわずかな人しか認めようとはしなかったが、戦争の終結がすぐそこまで来ていることは、誰の目にも明らかだった。町ではこのころ、幾百人ものいわゆる傷痍軍人たち、戦地で体のあちこちをもぎ取られた兵士たちの姿が見受けられ、戦争の愚かさ、低劣さ、犠牲者たちの悲惨さを意識させた。この時期、町は途方もない混乱状態にあったけれども、まだ私はバイオリンのレッスンを受けており、木曜の晩になるといつも競技場に行って、ユニフォーム姿でシンダートラックや芝生の上で、グリューンクランツの苛《いじ》めに晒されていたのだ。私に関して、たった一つだけグリューンクランツの注意を引いたことがあった。もちろんそれもごく短期間のことだ。それは、毎年開催されるスポーツ競技会で、五十メートル走、百メートル走、五百メートル走、そして千メートル走で私が無敵であったということ、表彰式のため、グニグラ競技場に設営された表彰台の上で、私が優勝者のピンを山のように授与されたことであった。しかも、すべての競走種目で例外なく優勝した。だが、私が競走で勝ったことは、グリューンクランツにとって苛立ちの種だった。競走で私が勝利したのは、単に脚が長かったためと、走っているあいだずっと、負けることに対する限りない恐怖を感じていたためだった。スポーツをして喜びを感じたことは、一度もなかった。それどころか、スポーツというものをいつも嫌っていたし、今でも嫌っている。スポーツがいつの時代も、どんな政権下でも最大限重視されてきたことには、理由があるのだ。スポーツは大衆を楽しませ、頭を朦朧とさせ、鈍化する。特に独裁者は、いつもいかなる場合にもスポーツを振興しなければならない理由《わけ》を知っている。スポーツを振興すれば、大衆を味方にすることができるが、文化を振興すれば大衆を敵に回す、そう祖父は言っていた。だからどの政府も、いつもスポーツには好意的で、文化には敵対的なのだ、と。あらゆる独裁政権と同じくナチスも、大衆的スポーツを通じて権力を得、ほぼ世界を支配するまでになった。あらゆる国で、いつの時代にも大衆はスポーツを使って操られてきたし、どれほど小さいどれほど取るに足らぬ国でも、スポーツのためにすべてを捧げない国はないのだ。それにしても、何とグロテスクなことであったか。中央駅にいた数百人の戦傷者たち、その大部分は体の一部を完全に失い、文字通りやっかいな、きちんと梱包されていない品物のように、あちらからこちらへと積み替えられていたのだが、その戦傷者たちのそばを歩いてグニグラ競技場へ行き、勝者のピンを得るために走るのだ。人間にまつわることはいつもグロテスクだし、戦争とそれにまつわる事情や状況は、もっともグロテスクである。ある日ザルツブルクでも、駅の玄関ホールに掲げられていた巨大な看板、「勝利のために車輪は回さねばならぬ」と表示された看板が破壊された。駅に集められた何百人もの死者の上に突然落ちてきたのだ。ザルツブルクへの三回目の空襲はもっとも恐ろしいものだった。あのときなぜ自分が防空壕の中ではなく、シュランネ通りの地下室にいたのか、今では思い出すことができないが、ひょっとすると警報が鳴っていたあいだ下足室にいて、バイオリンを弾きながら空想や夢、自殺の考えに耽っていたのかもしれない。下足室にいるとサイレンが聞こえないことがよくあったから。バイオリンの演奏にひどく集中していたし、空想したり夢を見たり、自殺の考えに耽ることにひどく夢中だった。下足室では外の音が何も聞こえなかった。まるで私のために、空想や夢や自殺の考えに耽ることができるよう、防音されているのかと思うほどに。突然、私と同じく大慌てで飛び込んできたグリューンクランツ夫妻と、地下室で一緒になった。そして、寄宿舎のすぐ隣に落ちて爆発した爆雷と爆弾の凄まじさ、私たちを壁まで吹き飛ばしたこの爆発の恐ろしさによって、さしあたり私は、グリューンクランツによる懲罰を、自分の不注意と無規律ゆえに受けるべきであった懲罰を免れた。おそらくこの瞬間、私を罰せねばならぬという考えよりも、破壊に対する彼自身の恐怖の方が大きかったのだ。私は、壁に押し付けられ、夫人の腕に守られながら、実際に見舞われた死の恐怖の中で、生き延びることを望み、ひたすら待っていた。私が警報を聞き逃したかまたはそれを無視して防空壕に向かわなかったこと、そのことにグリューンクランツが思い当たって、私を罰することを。この懲罰はすさまじい、これまでにないものとなるに違いなかった。だが、防空法に違反した私をグリューンクランツが罰することはもうなかった。地下室から外へ、地上へと出たとき、最初はまるで何も見えなかった。瓦礫と硫黄の埃で、目を開けることなど無理だったから。目を開けることができたとき、攻撃がもたらした結果に愕然とした。穀物市場《シュランネ》の建物が、大きく四つに裂けていた。全長百メートルか二百メートルもあるその大きな建物は、まるで引き裂かれた家畜のようだった。丸天井は、巨大な腹が切り開かれたように穴をあけ、崩れ落ちていた。そしてその背後には、立ちのぼった埃が舞い落ち、視界が晴れてくるにつれ、アンドレー教会が、傷ついた姿を露わにしていった。とはいえ、この教会が破壊されても特段惜しくはなかったのだ。今までもずっと町の景観を損なっていたのだから。瞬間的にみんな、この教会はすっかり破壊されればよかったのに、と思った。しかしアンドレー教会は完全には破壊されず、実際、戦争が終わると復興された。これを復興したのは重大な過ちの一つだ。対照的に、穀物市場《シュランネ》の建物、怪物のようなこの中世の建物は完全に破壊された。この日の空は綺麗に澄んでいたから、寄宿舎より三軒先の宿泊飲食店「シュランネ亭」では、百人にものぼる客が好奇心に駆られ、空中高くキラキラ輝く爆撃機の編隊の、えも言われぬほど魅力的な見世物を見物しようと、屋上に上がっていた。好奇心旺盛なこの大勢の客たちはみんな殺された。「シュランネ亭」で死んだこの人たちは、二度と収容されることなく、町の何百体ものほかの死体と同様、ただ瓦礫の中に、その下深くへと押しやられ、瓦礫と一緒に地ならしされた地面の下に埋まっている。今、そこには住宅が建ち、私が訊ねても、誰もこの事情を知る者はない。私たちが暮らしていた寄宿舎も大きな被害を受けたが、それは閉鎖される理由にはならなかった。すぐ、みんなで埃と、窓から飛び込んできた穀物市場の壁の破片を片付けにかかった。そして短時間のうちに、各部屋がまた歩けるようになり、住めるようになった。複数のロッカーがひどく破壊されていたが、私のロッカーも然りだった。中に入れてあったバイオリンは壊れていた。私の衣類はほとんどが、とはいえ全部で二、三着しかなかったけれど、ズタズタになっていた。身の回りの被害が大きかったから見に行くことはできなかったけれど、町全体が大きな被害を受け、何百人もの命が奪われたこの空襲のあと、二時間か、せいぜい三時間経つか経たないころ、突然、祖母が現れた。祖母と二人で、まだ使えるものだけ荷物にまとめると、私は寄宿舎に別れを告げた。しばらくすると、祖父母が住むエッテンドルフの家に着いていた。そのあとも鉄道は動いていた。それで、寄宿舎から出てしまったあと私は毎日列車に乗って、トラウンシュタインからザルツブルクへ、何週間も何ヶ月も、年の瀬まで学校へ通ったのであった。列車で通学したときのことは、ごく細部まで覚えている。大抵、行く先は学校にはならなかった。というのも、このころ中央駅は、空爆のために至るところが破壊され既にボロボロだったのだが、その中央駅に降り立つやいなや、だいぶ前から空襲警報が出ていることを知らされて、すぐ、防空壕に直行したのだ。そして実際に爆撃があったにしろなかったにしろ、いつも長いあいだ防空壕に留まっていなければならず、そのあと学校に行っても意味がないのであった。私は、防空壕から出ると町なかをあちこち巡ってみた。ほとんど毎日、町を歩くたびに新しい破壊の跡を見つけ、驚かずにはいられなかった。間もなく、旧市街も含め、町のそこらじゅうが破壊の跡でいっぱいになった。住宅にしろ、公共施設にしろ、全壊か、そこまでいかなくてもひどく破壊された建物のほうが、無事な建物よりも多いように見えた。学校鞄を持ちながら、何時間も私は、この町にあっという間に住みついた「全面戦争」の魅力にすっかり捉えられ、町をあちこち歩き、どこかの瓦礫の山か、壁の出っ張った部分に座って、破壊のありさまを見渡し、この破壊をどうにもできない人々の姿を、人間が絶望し、貶められ、破壊されるありさまを、見つめていたのだった。このことは、誰ももう覚えていないし、知ろうとすらしないが、この町でひどく恐ろしく、ひどく痛ましいものであった人間の悲惨さを、まざまざと観察したことによって、私はこの時代、そもそも人生とか存在というものがどれほど恐ろしく、価値のないものか、戦争の中ではまるで無価値だということを、その後の全生涯のために学び、経験したのであった。戦争のとてつもなさ、それが根本的犯罪だということを、はっきり意識した。列車での通学は何ヶ月も続いたが、もはや学校に到着することはほぼなくなり、爆撃によって仕舞にはすっかり変形され、破壊された駅に行くだけの行程となった。駅では何百人、あるいは何千人もの人が命を落とすこととなり、私自身、駅が攻撃された直後、多くの死体を目撃した。列車が駅の構内に入ることはもう完全に不可能であった。私は、フライラッシングから乗り込んで来た同級生一人と一緒に、歩いて、爆撃で出来た巨大なクレーターのあいだを抜け、駅構内に入ったのであったが、そこで、大勢の死体を見た。この間、死者に対する私たちの視覚は先鋭化されていた。よく私たちは、ほとんど廃墟と化した駅の敷地に、何にも邪魔されることなく呆然と立ちながら、駅員たちが瓦礫を掘り返して遺体を捜し、見つけたものを、辛うじて残った平らな場所に並べている様子を眺めていた。今はプラットホームのトイレがある場所に、遺体がきちんと何列にも並べられてあったのを、見たことがある。今ではザルツブルクは、陰鬱で不気味なだけの町となり、トラックと、テール部にボイラーを溶接した木ガス駆動の自動車が、棺桶ばかりを運んでいるように見えた。すべての学校が閉鎖される直前には、私が列車でザルツブルクに行くこと自体、稀《まれ》になった。大抵列車はフライラッシングよりも前で停車を余儀なくされ、乗っていた全員が列車から跳び下りて、左右に広がる森に身を隠した。英空軍の双胴の爆撃機が、列車に射撃を加えた。機関砲のダダダダダッという音が、あのころと同じように、今もはっきりと聞こえる。枝が飛び散り、森の中で地面にしゃがみこんでいた人々のあいだを、恐怖と沈黙が支配した。しかしそれは、ずっと前から習慣になっていた恐怖と沈黙だった。そうやって湿った森の地面にうずくまり、頭を引っ込め、それでも好奇心に駆られて敵の飛行機を見やりながら、私は、祖母あるいは母が私の学校鞄に入れてくれたリンゴと黒パンをかじった。飛行機がいなくなると、みんなまた列車へと走って、乗り込んだ。列車は少しだけ進んだが、もうザルツブルクまで行くことはなかった。ザルツブルクへ通ずる線路はとうに破壊されていたから。列車が少しも動かないこともよくあった。機関車が炎上して、破壊され、機関士が英空軍の射手に殺されてしまったのだ。とはいえ、たいてい標的となったのはザルツブルクへ向かう列車ではなく、ミュンヒェン方向の列車だった。帰りに私がよく利用したのは、運行されていたかぎりでの話ではあるが、いわゆる「帰休兵用列車」であった。この急行列車の車両には、白地に青い斜め線が入った看板が付いていて、本当なら乗ってはいけなかったのだけれど、だいぶ前からどの学校の生徒も乗るのが常習化していた。この列車はひどい満員状態だったから、窓から乗り降りするしかなかった。ザルツブルクからトラウンシュタインに向かうほとんどの区間、私は、車両と車両のあいだ、つまり、いわゆる連結幌の中で、兵士や避難民に混じって押しつぶされそうになりながら乗っていた。だからザルツブルクで乗るときも、トラウンシュタインで降りるときも、ひどく苦労した。列車はほぼ二日に一遍の頻度で、空からの攻撃に遭遇した。戦闘機「ライトニング」[*1]に乗ったイギリス兵が機関車を狙撃し、機関士を殺したあと、また飛び去って行ったのだ。機関車は燃え上がった。死んだ機関士はいつもすぐ近くの鉄道管理所に運ばれ、地下室に横たえられた。地下室の天窓から私は、中をのぞき込んだ。機関士の死体がいくつも横たえられていた。頭蓋を撃ち抜かれたもの、頭が完全に砕かれたものがあった。今でも目の前に見える。天窓の向こう側に、鉄道員の紺碧《こんぺき》の制服と、砕けた頭があった。死者を見るのが日常だった。秋の終わりには学校が休みになって、寄宿舎も閉鎖された、と聞いた。列車でザルツブルクに向かいながら必ずフライラッシングの手前で降りることになった私の通学も、終わりだった。でも、母たちが住んでいたトラウンシュタインや、祖父母が住んでいた近郊のエッテンドルフで私が手持ち無沙汰にしていたのは、長い期間ではなく、二、三日のことだ。間もなく、トラウンシュタインにあった造園店シュレヒト&ヴァイニンガーで働き始めたのだ。すぐにこの仕事をとても面白く感じ、春まで、正確には四月十八日まで続けた。この期間、私は造園に関する仕事を本当にすみからすみまで知り尽くして、好きになった。四月十八日、幾千もの爆弾が小さなトラウンシュタインの町に投下され、駅の辺りはわずか数分のうちに完全に破壊された。駅裏にあったシュレヒト&ヴァイニンガー造園店は、空爆で出来た幾つもの巨大なクレーターに変わり、造園店の建物はひどく破損して、使い物にならなくなった。何百もの死体が駅前通りに横たえられた。軟材を使い、慌てて雑に組み立てられた棺に入れられ、森の墓地に運ばれた。大部分の遺体が誰なのか、もう特定できなかったから、墓地では共同墓穴に入れて埋められた。トラウン河畔のこの小さな町は、戦争が終わるほんの二、三日前、非常に恐ろしい、無意味としか言いようのない空襲を体験しなければならなかったのだ。もう一度だけ、トラウンシュタイン

＊1　米ロッキード社製戦闘機P-38のこと。

からザルツブルクに出掛けたことがあった。きっと、忘れてきた二、三着の衣類を取りに行ったのだろう。祖母と一緒に、ゾッとするほど破壊され、精神的打撃と飢餓に苦しむ人々ばかりの市街を歩いたことが思い出される。祖母と一緒に親戚の家々をノックして回り、生き残っていた限りの親戚に会った。寄宿舎は封鎖され、建物の三分の一がその間に破壊されていた。私が生涯でもっとも恐ろしい状況に遭遇し、もっともひどい悪夢を見た共同寝室の半分は、爆弾によって崩壊し、中庭に叩き落されていた。グリューンクランツ夫妻がどうなったのか、もはや知ることはできなかったし、ほかの寄宿生たちに関しても、何も分からず、その後一度として、耳にすることはなかった。

フランツ小父

私たちは生産されるが、教育されることはない。生産者は私たちを作ったあと、ひどく愚かな、人間を破壊してしまうほどに不器用なやり方で私たちを扱う。そうやって初めの三年間で、新しい人間のうちのすべてを駄目にする。この新しい人間について彼らは何も知らないし、知っているとしてもただ、自分がその子を無思慮で無責任な人間にしたということだけであり、これによって最大級の罪を犯したことには、気づかない。私たちの生産者つまり親は、まったくの無知、まったくの卑劣さから、この世に私たちを生み落とすが、ひとたび私たちが存在するようになると、どう扱ったらいいのか分からず、うまくあしらおうとする試みは、すべて失敗する。彼らは早々に匙《さじ》を投げるけれど、それでも、いつも遅過ぎる。いつも、私たちをとっくに破壊し終わってから、ようやくやめることになる。最初の三年は、人生における決定的な時期なのだが（生産者である親は、そのことをまったく知らず、知ろうともせず、知ることもできない。何百年ものあいだ、彼らを恐ろしい無知のままにしておくため、絶えずあらゆる措置が講じられてきたのだから）、この決定的時期に生産者は私たちを、彼らの無知ゆえに壊し、駄目にし、そのあとの全生涯に渡って破壊し、台無しにしてしまうのだ。実を言えば、日々私たちが接しているのは、初めの数年間に親という無知で卑劣で蒙昧《もうまい》な生産者によって破壊され、駄目にされ、全生涯に渡って廃れたままでいる人間たちばかりなのだ。新しい人間は、いつも獣のように母親から産み落とされたあと、母親からずっと獣のように扱われ、駄目にされる。私たちが日々接しているのは、母親から産み落とされた獣たちばかりであって、人間ではない。彼らは早ければ初めの数ヶ月のうちに、遅くとも最初の数年のうちには母親の手で、その動物的なまでにひどい無知によって破壊され、駄目にされる。だが、母親たちの罪ではない。なぜなら彼女らは決して蒙《もう》を啓《ひら》かれることがなかったのだから。社会の利害は、啓蒙とは別のところに向かっているのだ。社会は、啓蒙しようなどとは少しも考えていない。政府はいつも、いずれの場合も、いずれの国、いずれの体制でも、社会を啓蒙しないことを旨としている。政府が社会を啓蒙してしまったら、啓蒙されたこの社会によってあっという間に政府は打ち倒されてしまうだろうから。何百年ものあいだ社会は啓蒙されることがなかったし、今後も何百年のあいだ、社会が啓蒙されることはないだろう。社会の啓蒙は政府の破壊を意味することになるのだから。それゆえ私たちが日々接しているのは、蒙を啓かれることのない生産者たち、その子供らもまた、生涯啓蒙されることがなく、ずっと啓蒙されない人のままであろうし、一生、まったくの無知へと宿命づけられているのだ。どのような教育手段、方法で新しい人間が教育されるにせよ、同じことだ。新しい人間は彼らの教育者の――それは常に、「教育者」と呼ばれているに過ぎず、常にいわゆる「教育者」でしかありえないのだが――ひどい無知と卑劣と無責任によって、人生の最初の数日、数週、数ヶ月、数年のあいだに破滅へと教育されるのである。なぜなら、新しい人間がこの最初の数日、数週、数ヶ月、数年のあいだに吸収し知覚するもののすべてが、その後の生涯のあいだの彼なのであり、私たちが知っているように、生きられるこの人生のいずれもが、存在されるこの存在のいずれもが、常に妨げられた人生、妨げられた存在であり、壊された人生、壊された存在であり、廃れた人生、廃れた存在であり、妨げられ壊され台無しにされているのだから。両親などというものはない。新しい人間の生産者としての犯罪者がいるだけだ。彼らは、自分たちが拵《こしら》えたこの新しい人間を馬鹿馬鹿しくも愚かな態度で扱い、この犯罪を政府に支援してもらっている。啓蒙された人間、つまり本当に時宜に適った人間は、必然的に政府の目的とは矛盾するがゆえに、政府はそうした人間に関心がない。そのため、何百万、何十億もの白痴によって、繰り返し、おそらく今後も何十年、ひょっとすると何百年も、繰り返し何百人、何十億人もの白痴が生産されるのだ。新しい人間は最初の三年で、彼らの生産者またはその代理人の手で、その後の全生涯に渡って生きねばならない存在、すなわち彼自身に、決して、どうしても変えることのできない存在、すなわち、まずもって不幸な本性、不幸な人間にされてしまう。たとえこの不幸な本性、不幸な人間がそれを認めたとしても、そこから帰結を引き出す力があったとしても、どのみち不幸な本性であるこの不幸な人間が、一度でもこれを考える機会があったとしても、変わることはない。というのは、私たちも知るとおり、不幸な人間であるこの不幸な本性、逆に言えば不幸な本性であるこの不幸な人間のほとんどは、自分が存在しているあいだ、生涯、一度としてこのようなことは考えないものだから。新生児は誕生の瞬間から、愚かで蒙昧な生産者としての両親の手に委ねられ、最初の瞬間から、愚かで蒙昧な生産者としての両親によって、同じように愚かで蒙昧な人間にされる。この途方もなく信じがたい成り行きは、人間社会の何百年、何千年の中で習慣と化し、社会はこの習慣に慣れ、この習慣をやめることなどまるで考えていない。反対に、この習慣はどんどん強められ、現代においてその頂点に達している。なぜなら、今ほど無思慮に、低劣に、卑劣に、破廉恥に、何百万、何十億もの人間が世界の住民として生産された時代はなかったから。とうの昔から社会は、この成り行きは世界的規模で行われている愚行であり、これをやめないかぎり人間社会は終わりだということを、知っているというのに。それにもかかわらず、これを知る人々は他の人々を啓蒙しようとせず、人間社会は確実に、自ずから破滅に向かっているのである。私の両親すなわち私の生産者も、同じように何も考えず、その他すべての全世界に広がる大衆と同じように愚かに振る舞い、一人の人間を拵え、生産のその瞬間から、この人間の愚鈍化と破壊を行ってきた。この人間の中では何もかも、ほかのすべての人間と同じく最初の三年のうちに破壊され、台無しにされ、覆われ、生き埋めにされた。その残酷さは、両親すなわち生産者によってすっかり生き埋めにされたこの人間が、自分を埋めるために両親すなわち生産者が自分の上に積んだ瓦礫《がれき》を自力で取りのけ、両親である生産者、つまり生産者である両親が、数百年来の感情的精神的汚物、つまり彼らの無知によって彼を生き埋めにしたよりも以前の人間に戻るまでに——最初の瞬間に彼はそれを確かに感じていた——三十年の年月を要したほどなのであった。私たちは、気違いと見なされる危険を冒してでも、躊躇《ためら》わずにはっきりと言わねばならない。私たちの両親すなわち生産者は、罪を犯した、と。彼らの先祖やそのまた先祖とまったく同じ罪を。子供を作るという罪を、私たちの本性を意図して不幸にするという罪を。しかも他の人々すべてと共謀してこれを犯したのだ。不幸へと進んで行く全世界を、ますます不幸にするという罪を犯した。初めに人間は拵えられ（この過程は動物的なものだ）、獣のように産み落とされ、そしていつも獣のようにしか扱われない。そして愛され甘やかされるにしろ、苛《いじ》められるにしろ、徹底的に愚かで蒙昧でわがままな目的を追求する親、すなわち生産者、あるいはその代理人によって、愚かで利己的な態度で扱われる。本当の愛を欠き、教育的洞察もなければ教育の覚悟さえない彼らによって、獣のように餌を与えられ、獣のように感情と神経の中心をみるみる圧《お》し潰され、阻害され、破壊される。次いで、最大級の破壊者すなわち教会（宗教）が、この新しい人間の魂の破壊を引き受け、さらには政府の委託と指令を受けた学校が、世界中のあらゆる国で、この新しく若い人間の精神的殺害を犯す、そういうことなのだ。さて、私は今や、「ヨハネウム」に住んでいた。それがあの古い寄宿舎の、新しい名前だった。寄宿舎は、私が祖父母のもとにいるうちに再び入居できるようになり、ナチスの施設から、厳格なカトリックの管理に移っていた。戦争が終わってわずか数ヶ月で、「国家社会主義の学生寮」から、厳格なカトリックの寮「ヨハネウム」に変わっていたのだ。寮生の中でここがナチスの寮だった時代を知る者は少数であったが、そのうちの一人が私だった。そして今、私が通っていたのはギムナジウム[*1]でありアンドレー基幹学校ではなかった。グリューンクランツの姿はなかった。ひょっとするとナチ党員としての過去を咎《とが》められ、逮捕されたのかもしれないが、とにかく見かけることはなくなった。代わりに寮長となり私たちを支配する地位に就いた人は、カトリックの聖職者であり、いつも寮生から「フランツ小父」と呼ばれていた。舎監として、四十歳くらいの聖職者がフランツ小父の補佐をしていた。そしてこの几帳面な話し方をする舎監が、カトリック的やり方で、ナチ党員グリューンクランツの跡を継いでいたのだ。舎監はグリューンクランツと同じくらいに恐れられ、嫌われていたし、グリューンクランツと同じくらい、私たち全員に嫌気を催させる性格だった。建物には、全体に必要最低限の修理しか施されなかった。半壊した共同寝室が初めに修復され、屋根が修理され、すべての窓にガラスがはめられ、建物正面には新しいペンキが塗られた。窓から外を見ると、穀物市場の古い建物の代わりに、何度も悪天候に見舞われてかなり崩れてしまった瓦礫の山と、廃墟のようなアンドレー教会が見えた。このアンドレー教会の廃墟には、まだ何も手が付けられていなかった。元どおりに教会を復元するか、別の形に再建するか、それとも完全に取り壊すか、市がまだ決定できていなかったからだ。完全に取り壊すのが一番よかっただろうに。寄宿舎の内部には目立った変化を認めることができなかったけれど、私たちが国家社会主義《ナチズム》の教

＊1　ギムナジウムとは、ドイツと同様にオーストリアでも大学への進学を前提とした中等教育の学校であり、大抵は学業の優秀な生徒しか入ることができない（オーストリアでもドイツと同様、大学への進学は今も狭き門であり、進学率は低い）。一方の基幹学校は普通、大学進学を前提としない中等学校である。

育を受けた「談話室」は、礼拝堂に変わっていた。終戦までグリューンクランツがそこに立ち、私たちに向かって大ドイツ帝国について訓示した演壇は、今では祭壇に変わり、壁面の、ヒトラー像が掛かっていたところに、大きな十字架が掛けられていた。『旗を掲げよ』とか、『弱った骨が震える』など、ナチスの唱歌を私たちが歌った際にグリューンクランツが伴奏したピアノは、オルガンに替えられていた。明らかに予算がなかったためであろうが、どこも塗り替えられていなかった。というのも、壁面の今、十字架が掛けられている箇所には、周囲の灰色から浮き立つように白い跡が見分けられ、何年ものあいだそこにヒトラーの肖像が掛かっていたことが、分かるのであった。今、私たちが歌うのは『旗を掲げよ』や『弱った骨が震える』ではなかったし、この部屋でラジオから流れる臨時ニュースを直立不動で聴くこともなかった。オルガンに合わせて私たちが歌うのは、『海の星よ、挨拶を送ろう』とか、『偉大なる神よ、御身を讃えます』であった。六時に私たちがベッドから出て洗面所に行き、そして学習室に行くのは、大本営から伝えられる最初のニュースを聴くためではなくて、礼拝堂で聖餐《せいさん》を受けるためなのであった。寮生は毎日、つまり年に三百日以上も聖餐式に行くことになった。思うに、みんなこの期間のうちに一生分の聖餐を受けたのではなかろうか。実際ザルツブルクの町では、表層からナチスの跡は完全に消され、あの恐ろしい時代などまるでなかったかのようであった。今やカトリシズムが、抑圧されていた中から再び出現し、アメリカ人がすべてを支配していた。[*1] 窮乏はこの時代、以前よりもずっと大きかった。人々には何も食べるものがなく、着るものとしては最低限の、ひどくみすぼらしい衣服があるばかりだった。昼のあいだ人々は巨大な瓦礫の山を片付け、日が暮れると教会に流れ込んでいった。権力者の色は今では再び戦前と同じ黒に戻っていて、もはや褐色ではなかった。あらゆるところに桁組《けたぐ》みが立てられ、この桁組みに沿って家壁を建てようと人々が励んでいたが、それは長い時間のかかるなかなか進捗しない恐ろしい工程だった。大聖堂の内部にも足場が組まれ、間もなく円蓋の新設が始まった。病院のベッドを占領していたのは、今や傷病兵だけではなかった。どこの病院も、何千もの飢えに苦しむ人々、飢えと絶望ゆえに死んでいく人々であふれていた。腐敗の匂いが何年もなお、町に漂っていた。ほとんどの死体が、面倒を避けるため、再建された建物の下にそのまま埋められていたからであった。二、三ヶ月を経た今になってようやくこの町でも、破壊の全体像がはっきりしてきた。今になって急に心の奥まで染み入るようになった深い悲しみが住民の心に巣食い、誰もがそれを感じていた。というのも、この傷はもはや修復

＊1　第二次世界大戦直後のオーストリアは、ドイツと同じく、ソ連、イギリス、フランス、米国が管理する四つの占領地区に分けられていたが、ザルツブルク州は米国の占領地区内にあった。

不可能に思われたのだ。何年ものあいだこの町は、甘く、腐った匂いが芬々《ふんぷん》とする瓦礫の山そのものであり、その中に、まるで人を嘲るかのように、すべての教会の塔が立ったままなのであった。そして今住民たちは、この教会の塔にすがりついて、再びゆっくりと立ち上がろうとしているかに見えた。まだ、労働と絶望しかなかった。戦争が終わったとき見えていた希望は、多くの事情が暗転し、食糧難が深刻化したことで、どんどん乏しくなってしまったのだ。犯罪は、これまで経験された規模を越え、恐怖は、戦争直後のこの時期、以前よりもずっと大きなものとなった。空腹ゆえに誰が誰を殺してもおかしくない状況だった。パン一個のために、あるいはまだ背嚢《はいのう》を背負っていたからという理由で、殺された人たちがいた。自分を守れる者は自分を守った。大抵の人は、ごく単純に、ほかのすべてを諦めることで、命を守ることができた。この町にも、瓦礫の山と、瓦礫の上をあちこち歩き、探し回る人しかいなかった。人々をこの時期に街へ引き寄せたのは飢えそのものであって、朝になると沢山の人の群れが、食料配給の呼び声を求め、市街に出てきた。町は鼠《ねずみ》でいっぱいだった。占領兵の性的暴行が、人々に不安と恐怖を広げた。住民の大部分は、終戦直前の数日間に略奪したものによって辛うじて食いつないでいたが、食料や衣類を交換する商いが途方もない規模で行われ、それが人々の活気を保っていた。このころ、私は、母の女友達であり、ライプツィヒ出身だがトラウンシュタインの食料局に勤めていた女性の仲介で、トラックを手配してジャガイモを積み、トラウンシュタインから国境を越えザルツブルクまで運んでもらうことができた。そしてこのジャガイモの運搬により（トラックには数千キロのジャガイモを積むスペースがあった）、しばらくのあいだ寄宿舎ヨハネウムはなんとか維持されることができたのだ。町には飢えた人々しかおらず、彼らはお腹いっぱい食べるという贅沢を味わうため、アメリカ兵に物乞いしていた。ナチスによる恐怖支配のあと、町が「解放」され、ホッと一息ついたあと、いちどきにまた完全に絶望的な状態になって、ザルツブルクの町は何年ものあいだ、落ちぶれて、生きることに芯から疲れたという印象を与えていた。まるで、人々はこの町と自分自身とを投げ捨ててしまったかのようだった。絶望の蔓延に抵抗するだけの勇気と力を持っていたのは、わずかな人々だけであった。屈辱と、屈辱に続くほぼ完全な破壊は、あまりに全面的だった。しかし、これについては仄《ほの》めかすだけにとどめておこう。私は、今回は自分から進んで寄宿舎に戻った。戦争終結と同時に復活したドイツ・オーストリア間の国境、戦争終結から数ヶ月を経ても閉ざされたままの国境を越え（それどころか戦後二年経っても国境は封鎖されたままだった）、私は、トラウンシュタインから、再び自由となったオーストリアに入り、たったひとりで、自分の力で寄宿舎に入居したのであった。それまでトラウンシュタインにいたのは、一九三八年に私の後見人がそこに就職先を見つけ、一家でただ一人俸給にありついたこの後見人を追って、まずは母が、次いで祖父母が移り住んでいたからであった。私の寄宿舎での宿賃は、ザルツブルクに住んでいた叔父、前にも触れた、生涯天才的作曲家でありまた発明家でもあった叔父が負担してくれた。私が、四五年の夏が終わるころ、四四年の秋に中断したところから再び始めようとしたのは、当然のことであった。ギムナジウムへの転入手続きは難なく進んだ。それまで私は、エッテンドルフという、トラウンシュタイン近郊の森に囲まれた巡礼地で、祖父母と一緒に暮らしていた。初めのうち、つまり、前にも触れた恐ろしい空襲、四月十八日にトラウンシュタインを空爆が襲うまで、シュレヒト&ヴァイニンガー造園店に通い、庭仕事に従事していた。つまり終戦そのものも、トラウンシュタインで迎えたのだ。私は、迫り来る米軍から逃れようとしたケッセルリング元帥が米軍の罠に掛かり、親衛隊の残党に護られてトラウンシュタイン市役所に立て籠もったこと、米軍が市長に最後通牒を突きつけ、抵抗せずに市を即刻米軍に委譲すべきであり、従わなければ市を破壊する、と告げたことを覚えている。アメリカ兵がたった一人、両手に二挺のピストルを持ち、ズボンの大きなポケットにも二挺のピストルを入れて、少しも妨げられることなく西方から歩いて市内に入った。兵士の身には何も起こらなかったので、続いて米軍の部隊が入ってきたのだ。町は、その間に白旗や、箒《ほうき》の柄に付けた洗い立ての布団カバーやシーツによって白々としていて、ついさっきケッセルリングと親衛隊が周囲の山岳地帯に退却を済ませたばかりで、一気にひっそりとなっていた。とはいえ、ここでこの時代のことを詳しく書いているわけにはいかない。でも、ひょっとすると次のことを思い出しておくのは、有益かもしれない。それは、祖父が私に、トラウンシュタインの貧民住宅に収容されていた老人を教師として、写生のレッスンを受けさせたことである。大きな硬い紙カラーをしていたこの老人は、写生の授業をする目的で私と一緒に貧民住宅の後ろから、シュパルツ山に向かって丘を登り、丘の上で私と一緒に木の下に座ると、眼下に広がる町を眺め、それをスケッチしたのであった。できるだけ細かいところまで描いた。往々にして、町のシルエットを描くことになった。この写生の時間のことは実によく覚えている。この授業は、バイオリンのレッスンや、のちに受けたクラリネットの教授とまったく同じで、私の芸術的天分を萎えさせたくない、私の芸術的天分を花開かせるためには何でもやってみよう、と考えた祖父の、絶望的試みにほかならなかった。トラウンシュタインに逃げて来た若いフランス人が私にフランス語を、別の人が英語を教えてくれた。さて、私はそれまでの人生で体験した中でもっとも激動的な一年、ここでは語ることのできない一年が過ぎたあと、国境を越え、故郷であった外国へと帰り、再び寄宿舎に、ナチスの寄宿舎ではなく、カトリックになった寄宿舎に入ったのであるが、さしあたり以前と異なって見えたのは、ヒトラーの肖像がキリストの十字架に代わったこと、グリューンクランツがフランツ小父に代わったことくらいで、宿舎の規則はたいして変わらず、宿舎での一日は六時に始まって九時に終わるのであった。ただ、年齢が一歳上がったので、私は、三十五床のベッドがある一番大きな共同寝室ではなく、二番目に大きな、十四床か十五床のベッドが並んだ寝室で寝ることになった。至るところ、細かな多くの点で、あい変わらずナチス時代を思い出させられた。自分の感覚から言っても、またナチズムを絶えず罵《ののし》り軽蔑していた祖父の判断からしても、ナチス時代は常に腹の立つものであったが、寄宿舎とその設備が慌ただしく復旧されていくのに、私がひどく嫌に感じたあの時代の残滓は、見逃されたままだった。結局、戦争が終わる直前の数ヶ月と一番対照的だったのは、ここを今支配している静けさで、夜はまた眠れるように、まったく心配のないものになっていた。しかし、まだ何年ものあいだ、ごく頻繁に、夢の中で警報のサイレン音に驚かされて目を覚ました。防空壕の中で叫ぶ女や子供の声、空を飛ぶブンブン、ドロドロという飛行機の音、途方もない、大地を震わせる爆裂、爆発。今でも、そんな夢を見ることがある。フランツ小父は、温厚な人で、私たちに常に教え続けねばならないと信じていたこと、すなわちカトリックの教えを信じて疑わなかった。しかし彼の温厚さは、舎監の恐ろしさの背後に隠れていた。おそらくフランツ小父によって雇われたこの人は、とにかく恐怖を抱かせてやまない天罰のように、人間憎悪のすべてを顔に表し、私たちにぶちまけていたのだ。今でも覚えているのは、両手を背中に組んで立机のあいだをあちこち歩き、学習する際に寮生の集中力がゆるんでいないかどうかを見張っていた舎監の姿だ。実際にそうした気のゆるみ、あるいは単に誰かがだらしない姿勢でいるのを見つけると（彼はいつもそうしたものを見逃さなかった）、その寮生の頭を後ろから拳骨で叩いて驚かした。

サディスティックな厳格さという点でグリューンクランツに少しも劣らない、この舎監のような人間に対して、私はさほど大きな恐怖を感じなかった。私の恐怖感は急激に萎み、他の寮生が抱いているほど大きなものではなくなっていた。それはおそらく、もう何年ものあいだ、権力と無力との密接な関係について、訓練を受けてきたからであろう。感情と悟性が耐えられるぎりぎりまで、訓練を受けてきたからだろう。要するに、ヨハネウムで私自身は、根本においてグリューンクランツの手法と何も変わらない舎監の手法に対して、グリューンクランツの手法に対するときほどの恐怖は感じなかったのだが、新たに寄宿舎に入って来た少年たちは今、最大級の恐怖を抱いていたのである。私は、このサディスティックな調教の儀式と折り合いをつけており、これに見舞われると痛みが応えはしたけれど、これが私の中に破壊的、殲滅《せんめつ》的効果を及ぼすことはもうなかった。とうに私は破壊され、殲滅されていたからである。寄宿舎でナチス政権が用いていた調教手段が、カトリックのそれとほぼ完全に一致するということ、それを私は確認することができた。名前こそ違っており、将校あるいは突撃隊員の長靴を履く代わりに聖職者の黒い半長靴を履いてはいたけれど、灰色あるいは褐色の上着ではなく、黒い上着を着てはいたけれど、いつもピカピカの肩バンドを掛けている代わりに紙カラーを付けた舎監ではあったけれど、ここ、カトリックの寄宿舎にも、グリューンクランツがいたのであった。逆に言えば、いわゆる「ナチ時代」のグリューンクランツの方が、今の舎監を先取りしていた。

フランツ小父はと言えば、グリューンクランツ夫人が演じていた優しい世話役を引き継いでいた。というのも、実際この薔薇《ばら》のように赤い農民顔の「温厚な」神父、フランツ小父は、寮長であったとはいえ、すべての権限を舎監に委ねていたのだ。それは誰でもすぐ感じ取ることができたし、いつも感じ続けずにはいられなかった。だからフランツ小父はいつも、「実に愛すべき人間」と呼ばれてはいたけれど、私から見ると、初めから信用ならない性格なのであった。無論、表向き温厚を装ってはいるが根は反吐《へど》の出そうな人間だった、とまでは言うまい。寄宿舎の中では、日がな一日フランツ小父の名が叫ばれ、話され、囁《ささや》かれていたが、その寮長はおもに外向きの存在で、来訪者の悟性をなだめ、寄宿舎全体をカトリックの優しさの中に包み込んでいた。実際には、そんな優しさなどこれっぽっちもなかったのに。とはいえ私もほかのみんなも、フランツ小父の自信のない態度によってよく恩恵を受けた。フランツ小父は断るということができない場合が多く、どこに行っても、嫌とは言えない人として通っていたから。それにもかかわらず彼は、舎監ととてもよく協力し、このシュランネ通りで、あのグリューンクランツがナチの恐怖政治を行ったと同じように、二人でカトリックの恐怖政治を行っていたのだ。ここで再び断っておかねばならないが、私が今ここにメモしている、あるいはただスケッチとして、概略として綴っているのは、当時自分がどう感じたかということであり、現在どう考えているかということではない。当時の私の感覚は、今の私の考えとは異なっているのだから。難しいのは、このメモであり概略的な文章の中で、当時の感覚と現在の考えを、おそらく公正なものにはならないだろうが、当時の事実、寄宿生であった当時の私の経験に即した形でメモし、綴ることなのだ。とにかく、やってみることにしよう。実際私は、舎監の中にいつもグリューンクランツの精神を、しかも、まったく損なわれていないグリューンクランツの精神を見た。グリューンクランツは戦後の風景から消えてしまった。おそらく逮捕されたのであろうが、分からない。しかし私にとって、舎監の中にグリューンクランツはいつも現存していたのだ。舎監の取る態度はグリューンクランツの態度と同じだった。この人間に関するほとんどすべて、おそらくはこの人間の中のすべてが、グリューンクランツと同じだった。舎監は（この推測はきっと当たっている）とことん不幸な人間だったのだ。こんな人間に、シュランネ通りにあった寄宿舎を完全に支配させてしまったのは、それだけでもう、犯罪だった。というのは、舎監こそが本来の寮長として寄宿舎を完全に支配しており、紙の上の寮長であるフランツ小父は、何も口を挟めなかったから。そしてこの愛すべきフランツ小父にしたところが、意地の悪い舎監のような人間に寄宿生を引き渡したのは無責任に相違なく、正確に言えば卑劣なことであった。フランツ小父は舎監の振舞いがどんなものか、よく知っていたのだから。だが、この気が弱くて性格的に脆《もろ》いフランツ小父という男は、寄宿舎での自分の立場を守るため、寄宿生の心情と性格を粉砕するマシーンである舎監を必要とした。フランツ小父は、彼自身から見ればうってつけの男を見つけたのだ。根本において、寄宿舎にあったナチズムのシステムとカトリックのシステムには、まったく何の違いもなかった。すべてはただ、違った色合い、違った名前を持っているだけであり、与える印象と及ぼす効果は同じものなのであった。戦後間もないこのころ、私たちは、ナチス時代と同様に洗面所で慌ただしく顔を洗ったあと、すぐ「礼拝堂」に入った。ナチス時代なら「談話室」に入ってニュースを聴き、グリューンクランツの説教を聴いたのとまったく同様に、今は「礼拝堂」でミサを聴いて、聖体を拝領した。以前ならナチの歌を歌ったところで、今は聖歌を歌った。一日の経過は、カトリックでもナチズムのときと同じく、根本において反人間的な調教メカニズムとして構成されていた。ナチス時代には食事の前に食卓の横に直立し、グリューンクランツが食事の開始にあたって「ハイル・ヒトラー」と言ったあと、みんな腰を下ろして食べ始めることができたのだが、今ではまったく同じ姿勢で食卓のそばに立ち、フランツ小父が「祝福された食事を」と唱えたあと、腰を下ろして食べることが許された。以前、ナチズムの時代にはほとんどの寮生が国家社会主義の教育を受けていたのと同様、今、ほとんどの寮生は両親から、カトリシズムの教育を受けていた。私は、どちらの教育も受けなかった。祖父母のもとで育った私は、たちの悪い病気としてのナチズムとカトリシズムのどちらにも、一度も、罹《かか》ったことがなかった。一方の愚（国家社会主義）にも他方の愚（カトリック）にも影響されてはならん、そう祖父は私に繰り返し注意したので、私はこうした性格的弱さ、精神の弱さに捉えられる危険に、一度も陥らなかった。これは、ザルツブルクの町では至極困難ではあったのだけれど。特に、シュランネ通りの寄宿舎には、両者によってすっかり落ちぶれ、毒された雰囲気があったから。今や毎日、つまり年に約三百回もキリストの体が口に入れられ、呑み込まれたが、これも、アドルフ・ヒトラーに対して毎日なされた敬意表明と少しも変わらなかったし、この二人がまったく異なる人物だということはさておくとして、いずれにせよ私は、儀式そのものは同じ意図、同じ効果をもたらすものだという印象を受けていた。そしてこの疑い、今、イエス・キリストの扱いにおいてなされていることは、一年、あるいはほんの半年前にアドルフ・ヒトラーの扱いにおいてなされたことと同じではないか、という疑いは、間もなく裏付けられた。どのような意味にせよ、いわゆる並外れた人物を称揚して讃えるために歌われる歌やコーラス、私たちがナチス時代に、そしてナチス時代のあと寄宿舎で歌ったような歌やコーラスを眺めてみるならば、それらはいつも同じ歌詞だと言わざるを得ない。少しばかり語句は違っているが、いつも、同じ曲に付けられた同じ歌詞なのだ。これらの歌やコーラスはどれも、これらの歌やコーラスをこの歌詞で歌っている人々の愚かさ、低俗さ、没個性を表現しているだけなのである。これらの歌やコーラスを歌っているのはいつも、ものを考えるということがない人々であり、この無思慮は普遍的、世界的なものだ。そして世界中あらゆる場所の教育施設で教育されている者たちに対して行われる教育的犯罪は、いつも、そうした並外れた人物の名の下に犯されてきたのである。その並外れた人物の名がヒトラーと言おうがイエスと言おうが、また別の名前であるとしても同じだ。歌に詠まれ、讃えられた人物の名において、未成年者に対する重大な犯罪が行われる。どのような性質の人物にしろ、繰り返しそうした歌に詠まれ、讃えられた並外れた人物がおり、成長する人間性に対してなされる、教育上の重大な犯罪がある。そうした犯罪は、どんな効果を及ぼすにしろ、本質からしていつも重大な犯罪にしかなりえない。それゆえ私たちはまた、この寄宿舎の中で、そして炯眼にも「ドイツのローマ」と呼ばれるザルツブルクの町で、初めはアドルフ・ヒトラーの名の下に、戦後はイエス・キリストの名の下に、毎日奈落へと、死へと教育されたのである。ナチズム、そして今やカトリシズムは、これらすべての若者たちに対して、同じ荒廃的影響を及ぼしている。この町で、この風景の中で、いずれにしても常に孤独に成長する若者は、カトリック的でナチス的空気の中へと産み落とされるのであり、本人が気づくにしろ気づかぬにしろ、知っているにせよ知らぬにせよ、このカトリック的ナチス的空気の中で成長する。どこを見渡しても、この町で目につくのは、カトリシズムかナチズムのどちらかであり、この町とこの地域のほとんどすべてのものには、精神を阻害し、精神を腐敗させ、精神を殺害するカトリック的ナチス的状態しか、人間を死に至らしめる状態しか、見えない。この町にいる、もっとも本来的な意味で「視野の狭い」全住民から、考えられぬ奴だと思われ、また馬鹿者扱いされる危険を冒しても、これは言っておかねばならない。この町は、何百年ものあいだカトリシズムによって卑劣に叩きのめされ、数十年のナチズムによって残酷にも凌辱された町なのであり、その影響は明らかだ。この町に産み落とされ、この町で成長する若者は、ほぼ百パーセントの確率で、人生の中でカトリック的か、ナチス的人間へと成長する。それゆえ実際、私たちがこの町で誰かと関わり合いになるとき、それは例外なく（百パーセントの）カトリック信者か（百パーセントの）ナチなのであり、どちらでもないのは、笑いたくなるほど少数なのだ。この町の精神とはつまり、一年を通じてカトリック的でナチス的な非精神であり、ほかのことを主張するのはいずれも嘘である。夏には、「ザルツブルク音楽祭」と称してこの町に世界都市の虚像が作られる。いわゆる世界的芸術の手段とは、倒錯したこの非精神を誤魔化《ごまか》す手段なのであって、夏にここで催されるすべてがそもそも誤魔化しでありペテンであって、音楽と演劇による欺瞞《ぎまん》に過ぎないのだ。いわゆる「高尚芸術」は夏のあいだ、この町とこの住民たちの手で、低級な商売目的に濫用される。音楽祭の幕は、町の泥濘を数ヶ月に渡って覆い隠すために開けられるのだ。しかし、これも示唆のみに留めておかねばならない。当時と、そして今のザルツブルク市全体を分析するには、ここは適切な場所ではないし、今はその時ではない。いつの日かそうした分析を試みる者に、思考の明晰さと、同時に恩恵があることを願うばかりだ。こうして数百年と数十年のあいだにこの町の本質は、耐え難い、病的と呼んでも構わないほどカトリック的でナチス的なものになってしまったし、町には今や、カトリック的でナチス的なものしかないのである。寄宿舎は、このカトリック的ナチス的本質を、信憑性の高い、真に迫った形で眼前に示した。精神的に私たちは、カトリシズムとナチズムとに挟まれて成長し、仕舞に、民衆を愚鈍化する移し絵としてのヒトラーとイエス・キリストのあいだで潰された。つまり、注意しなければならない、決して何にも驚かされてはならない。何に関してであろうと、世界に何かを誤魔化して見せる芸術こそが、他所《ほか》にはないほどにこの町を支配しているのであり、毎年ここで何千もの人が、何十万とは言わないまでも何万もの人が、罠にかかっているのだから。小市民が無垢だとされること、実はそれは、安易で雑な、往々にして世界の攪乱と世界の破壊へとまっすぐ通ずる間違った推論だということを、私たちは知っておくべきだ。ここに住んでいる人々は、経験から何も学ばなかった。むしろその逆だ。一夜にして、カトリシズムと交代して再びここでナチズムが現れ、支配者とならないとも限らない。この町には、あらゆる前提が揃っている。実際、今ここで私たちが直面しているのは、カトリシズムとナチズムのあいだの、絶えずぐらつく均衡なのであり、ナチズムの比重が突如大きくなることは、ここではいつでも起こりうる。だが実際、いつもザルツブルクの空気中にあるこの思考を声に出して言えば、空気中にある同じように危険な他の思考を声に出して言った者と同じく、馬鹿者呼ばわりされるのが落ちである。そもそも、考えていることや感じていることをそのまま口にした者が馬鹿者扱いされるのと同じだ。そして今書いたことは、これを書き留めている私を全存在において常に苛立たせ、安心させることのない、私がいつも巡らせている思考であり感覚であるもの全体の、ほんの概略に過ぎないのである。あのギムナジウムはずっと、厳格なカトリックのギムナジウムであった。たとえ、三八年に閉鎖され四五年に新しくスタートしたあと、今再び、「国立」ギムナジウムを名乗っているにしても。オーストリアという国全体が常に「カトリックの国」を自認しているのだから。そして、私が思い出せるかぎりで唯一の例外を除き（この例外というのは数学の教授であったが）、私たちの授業を担当していた教授たちは、みなカトリック信者だったし、このような学校ではほかの何にも増してカトリシズムが教えられ、ナチス時代にはすべての科目が国家社会主義の科目として教えられていたのと同様に、すべての科目がカトリックの科目として教えられているのだ。まるで、すべて知るに値するのはただ、国家社会主義かまたはカトリックの知識であるかのように。そして当初（基幹学校で）、私がナチズムによる歴史的嘘に隷属させられ、完全にこの歴史的嘘に支配されていたとすれば、今度は（ギムナジウムで）カトリックによる歴史的嘘に隷属させられ、支配されていたのであった。だが、祖父が私をこの事実に対し鋭敏にしてくれていたので、私は影響されにくくなっていた。突然、つまり（戦争前には）一瞬にしてナチズムに染まり、（戦後は）一瞬にしてカトリックに染まることを避けるのは、結構難しかったし、少なくとも、伝染病と同じナチズムに感染することを防ぐのは、難しかったけれど。というのも、ナチズムもカトリシズムも伝染性の病気、精神病にほかならない。私はこれらの病気に感染はしなかった。祖父による予防措置のおかげで免疫があったから。だが私はこの状況にひどく苦しんだ。あれほど苦しむことは、同じくらいの歳の子供にしかありえなかっただろう。とことんカトリック的なフランツ小父と、とことんナチス的なグリューンクランツは、私の中では今に至るまでずっと、この二つの人間カテゴリーの典型をなしているし、一生涯のあいだずっと、世界的に広まったこの精神的姿勢を表象する人々なのである。世界中の人々はいつも、この精神的姿勢のもとで喜ぶのではなく、苦しまねばならなかった。フランツ小父は、ごく単純に言えばカトリックの権化《ごんげ》、グリューンクランツはナチスの権化だった。そしてすべてのナチの中に、私はいつもグリューンクランツを認めるし、すべてのカトリック信者の中に、いつもフランツ小父を認める。そしてザルツブルクに住む大勢の中に、私は繰り返し舎監と同じ人物を認めるのだ。こうした人物は、私に言わせればナチでありかつカトリック信者であって、人間類型としてまた精神的姿勢として、ザルツブルクに最も広範に広がり、この町を今日まで完全に支配している。ここでは、社会主義者を自称する者たちでさえ（この概念は山地の気質、とりわけザルツブルクの山地の気質にはまったく馴染まないが）、ナチス的でカトリック的な特徴を併せ持っているのであり、いずれにせよこの人間の混合そのものこそ、この地を訪れる人々が日々、目の当たりにするものであり、あらゆる振舞いでザルツブルク人はカトリック的・ナチス的精神態度を表象している。だが、ここでは示唆のみにとどめておこう。戦時中の基幹学校と違って、今やギムナジウムは、外部の何にも妨げられることのない、厳密に機能する教育装置となっており、私から見ると、全ザルツブルク市という身体の精神的内臓を研究するまたとない具体例だった。もちろん、ここで観察者の目に、とりわけ、このような学校システムの犠牲者としての、このような学校の生徒の目に、あらゆる瞬間、考えられうるあらゆる視点からはっきりと見えたのはまた、ほかのすべてのギムナジウムにあったのと同じ、過ぎ去った数世紀の精神であった。かつては古い大学の校舎であり、長い廊下と白い漆喰《しっくい》の丸天井があって、学校というよりは修道院の印象を与えたこの建物は、私がギムナジウムに入ったとき、つまり、基幹学校に過ぎない「アンドレー学校」から、最高レベルの中学校に栄達した瞬間、私のうちに畏敬と驚きの念を生み、昔からいつもこの「古く威厳のある家」と結びついていた高尚な荘厳さに取り込まれて、毎日この学校に足を踏み入れ、大理石の階段を上りながら、私は急に、自分自身が今やこの学校と同じく高尚な存在なのだという意識を与えられ、またそのように感じさせられたのであった。単に近所に住んでいたのであれ、または私のように森や田舎から出て来たのであれ、いずれにせよある日、突然この学舎に足を踏み入れた若者は、何世紀にも渡ってザルツブルク州のエリートを輩出してきたとよく言われるこの厳格な雰囲気の建物の中を生徒として初めて歩いたとき、誇りを感ぜずにはいられないだろう。だが、現在に至るまで自負を持ってギムナジウムを自称し、さらに大きな自負を持って国立ギムナジウムを自称しているこの建物の中で採られている教育法は、このギムナジウムが以前からいつも軽蔑していたアンドレー基幹学校の方法と、根本において同じなのであった。そして間もなく私は、このギムナジウムにおいても、私の観察メカニズムによってごく短時間のうちに、すべてに敵対するようになった。教授たちは腐敗した社会、根本においてひたすら反精神的な社会の具現者に過ぎず、それゆえ同様に腐敗していて反精神的だったし、生徒らもまったく同じ、腐敗した反精神的人間として、大人になるよう仕向けられていた。授業は、いかなる自然な精神の発展からも、私をどんどん遠ざけた。歴史を死物と見なし、生の必然性であるなどと偽って言いくるめるひき臼《うす》のような授業の耐え難い万力に挟み込まれ、基幹学校の授業が終わったとき中断された私の内側の破壊が、ここで再び開始されるのを見た。また破局の中に落ちたのだ。ごく早い段階で私は、ギムナジウムが私の精神を破局に導く粉砕機械にほかならないことを確認したので、私のうちのすべてが間もなく、ギムナジウムに敵対することになったし、これにまた、気が滅入るほど了見の狭い教授陣に対する反感も加わった。総じて彼らは、何世紀も前から使い古されて来た学問素材からなる、単なる出来損ないたちであった。加えて、すべての同級生が、自分たちの出自が大市民あるいは小市民であるということを、何にでも有効な武器のように利用し、濫用していたので、これに対する反感も加わった。私は、同級生たちとは一度も本当の意味で繋がりを持つことができなかった。私の方は彼らの市民性に跳ね返され、間もなく自分のうちに引き籠ったし、逆に彼らの方は、私が彼ら（と彼らの市民性）に対して、そして彼ら（と彼らの市民性）に関するすべてに対して示した疑いなく病的な反感に跳ね返されて、間もなく私を彼らの仲間から締め出したのであった。つまり、私はまたしても完全に自分だけを頼りにし、防御と、この絶えざる防御の心構えの中で絶えず育まれる不安と恐怖の状態に置かれ、あらゆる側から孤立したのだ。しかし、だからと言って私はなす術もなく途方に暮れていたというわけではない。逆に、教授陣のみならず、前に述べたように出身からして私とはまるで異なる環境に育った同級生たちからも常に抑圧されながら、私は完全に自分だけを頼りに、すべてを敵に回して、強く、さらに強くなっていった。つまり、時とともに私は、周りからの攻撃や侮辱に苦しむことがなくなり、ごく単純に、すべてをなるがままにしておいた。早い段階からもう、このギムナジウムに長居することはないだろうと思っていた。この学校で教えられていたことは、すぐ私の興味を引かなくなり、それゆえ成績は当初からみじめなことこの上なかった。ギムナジウムは間もなく私にとって苛《いじ》め以外の何ものでもなくなった。まだ逃げ出すわけにはいかないから、しばらく耐え続けねばならない苛めであった。私の関心を引いたのは実のところ、まったく役に立たない科目としての地理、絵画、音楽であり、また、歴史にはいつも魅了されたけれど、他のいずれの科目も、これっぽっちも興味を引かなかった。やがて、本能的に私は学校というものを、精神の殺戮施設としか見なくなっていた。今は悟性によってはっきりと、あれが精神の殺戮施設であったことを把握している。しかし、並外れた人間になろうというのなら（もちろん私はそれを望んでいた）、ギムナジウムは卒業しておかねばならない、何度も何度もそう言われたから、まったく興味を感ぜず、ギムナジウムにまつわるすべてのことをこの上なく嫌悪していたにもかかわらず、私は、ギムナジウムを克服しようと努めたのだ。しかし、この努力が見込み薄であることは、次第にはっきりしていった。でも、このことは祖父には秘密にしておいた。社会の車輪の下に敷かれたくなければ、ギムナジウムは卒業しておかねばならん、と祖父は言っていたし、祖父の言葉が何を意味するのか、私ははっきり理解していた。祖父は、私がギムナジウムでほぼ完璧に失敗しているということ、私自身もちろん恥ずかしく思っていたこの失敗について、何も知らなかった。ほぼ二週間に一度、私は、トラウンシュタインとエッテンドルフに帰ったのだが、祖父には決してこの不出来を報告しなかった。二週間ごとに、洗濯物を詰めたリュックを背負い、早朝三時ごろ、私のために特に開けたままにされていた廊下の窓から、寄宿舎の外に出て、家へと向かったのだ。つまり、約十三キロの道のりを歩いて国境まで行くと、ザルツブルクとグロースグマインを結ぶ道のちょうど中ごろに位置する宿屋ワルトベルクの近くで、朝の白むころ、国境警備員に発見されるのではないかという不安に伴うあらゆる状況に対処しながら、国境を越えたのだ。二週間ごとに、まずは死んだようにひっそりとした、冷たい、まだ真っ暗な市街を抜けて、フィーハウゼンの近くで森へ向かう道に折れ、湿地帯を抜け、ワルトベルクを過ぎたところで国境を越え、マルツォルへ、そこからバイエルン州の小さな村ピディングへ歩いた。オーストリアのアイデンティティ・カードがありながら、ドイツの身分証も持っていた私は、このピディングで列車に乗ると、フライラッシングまで行って、そこからさらにトラウンシュタインへと列車を乗り換えたのであった。こうして国境を越えて往来することは、私の洗濯物を洗ってくれる人がザルツブルクにはいなかったし、話し相手になってくれる人もいなかったがゆえに、必須であった。それに、若者というのは可能ならいつも、できるだけ頻繁に、自分にとって一番信頼が置ける人、最愛の人のところに赴くものなのだ。それは私にとって祖父であったし、母もトラウンシュタインにいて、私の異父弟妹、つまり私の後見人の子供たちや、この間に「戦地」つまりユーゴスラヴィアから帰った夫、すなわち私の後見人と一緒に暮らしていたのである。週末の予定が空いているときには、ザルツブルク市内に住む叔父を訪ねることもよくあった。叔父は生涯共産主義者であり、吹きこぼれることのない鍋や、水で駆動するエンジンを考案するなど、生涯発明家でもあった。だが、たいてい私は、祖父母や母がいるトラウンシュタインとエッテンドルフに行った。国境を越えてドイツに入るとき、ドイツの身分証を取り出した。ザルツブルクに戻るためにオーストリアへの国境を越えるときは、オーストリアのアイデンティティ・カードを取り出した。当時、「国境を越える往来」がすべて厳禁だったにもかかわらず、このようにして私は、書類上はどちらの国にも滞在が許可されていたのである。そしておそらくあの時代、私ぐらいの歳の少年だけが、あれほど頻繁に、ほとんど妨げられることもなく、土曜の朝には一方の側へ、日曜の晩にはまた他方の側へと、国境を越えることができたのだ。一度、私の後見人がトラウンシュタインでアメリカ人に逮捕されたことがあった。数日間、なぜ捕まったのか理由が知らされなかったが、それは私が、いつも郵便物をリュックサックいっぱいに詰めて、オーストリアからドイツへ持って行ったからであった。この郵便物の中には、オーストリアなら普通に手に入るが、ドイツでは手に入らないサッカリンの箱が入っていた。この時代、ドイツからオーストリアへ、オーストリアからドイツへの郵便のやり取りは停止していた。便りを受け取った者は、返事を私たちの、つまり私の後見人のトラウンシュタインの住所に送るだけでよかった。そうすれば郵便は私の手で、オーストリアに運ばれた。後見人は、私が実行したドイツからオーストリアへ、そしてオーストリアからドイツへのこの郵便運搬のせいで、トラウンシュタインの拘置所に十四日間、拘留されたのである。おそらく彼は、この不愉快な体験ゆえにその後決して私を許すことはなかった。このほとんど二年間続いた郵便輸送の唯一の発案者であり、責任者であったのは、私なのだから。この、国境を越えての行き来は、私にとって生涯でもっとも不気味なものであった。一度私は、当時七歳になる異父弟を連れてトラウンシュタインを出発し、マルツォルのそばで国境を越えさせた。母にも祖父母にも内緒だった。なぜ急に、家族にとって間違いなく恐ろしいものであるこんな行動を思いついたのか、自分でも分からない。こんなことをしたらどんな結果になるか、もちろんはっきりとは自覚していなかったが、私は幼い弟と一緒に、無事、何の問題もなく国境を越え、びっくりして私たちを迎えたザルツブルクの叔父の住居に、弟を預けたのである。というのも、寄宿舎に弟を連れて行っても、どうしようもなかった。おそらく、次の土曜には弟を連れて、再び「不法に」国境を越え、トラウンシュタインに戻ったのだと思う。その結果は確かに恐ろしいものであった。時代は、不気味なこと、無責任なこと、絶え間なく続く途方もないこと、信じがたいことに満ちていた。モンテーニュは書いている。我々の目の届く範囲にあるものがすべて、我々に関わること、我々に当て嵌まることであるような場所に留まらねばならぬとしたら、辛いことだ、と。[*1] 次のようにも書いている。私の心は動かされた。私は、周囲にあるものに独自

*1　トーマス・ベルンハルトは、フランシス・ジャンソン著（パウル・マイヤー独語訳）のモンテーニュ伝（一九五八年刊）を読んでおり、当引用は、同書に抜粋されている『エセー』からのものである。以下、モンテーニュからの引用はすべて同様。

の判断を下し、他人の助けを借りずにそれらを処理した。私が確信していたことの一つは、真実とはいかなる状況においても強制や暴力に屈することはないということであった。また次のようにも書いている。私は自分を認めてもらいたくて仕方がない。本当の意味で認めてもらえるなら、どの程度に、ということは問題ではない。次のようにも書いている。自己を描くこと以上に難しく、自己を描くこと以上に有用なことはない。自分を検証し、自分に命令して、自分を正しい位置に立たせねばならない。いつも私はその心構えでいる。なぜなら私は、常に自分を描写しているから。自分の行為ではなく、自分の本質を描写しているから。次のようにも書いている。礼儀や分別によって隠されてしまう多くの案件を、私は教訓となるように世間に知らしめた。次のようにも。私は、自分があえてやろうとしていることのすべてを公言しようと思った。それどころか、本来なら人に明かしたりできない考えも、公言しようと。次のようにも。私が自分を知ろうとするのは、自分が本当はどんな人間なのかを自覚するためだ、私は自分の総点検をする、と。これらの、またその他の格言を私は、中身をちゃんと理解しないまま、作家であった祖父から、散歩に同伴したときしばしば聞かされた。祖父はモンテーニュが好きだったし、私も祖父と同様、モンテーニュに愛着を感じている。私は、母のもとにいるより……。母との関係は、私にとって生涯、困難なものだった。困難だったと言うのは、母から見て結局私の存在は常に理解しがたいものだったし、私がこうして存在しているということに、母は決して納得することができなかったのだ。私の父、農家の息子であり指物師であった父は、母を捨てた。そしてその後、母のことも私のことも気にかけなかった。どのような状況だったのか、私には決して知らされなかったし、今でも知らないが、父は戦争が終わるころ、オーデル河畔のフランクフルトで死んだ。叩き殺された、と言われる。父の父、つまり父方の祖父から聞いた話だ。この祖父にも、これまで一度会ったきりである。父には、生涯一度も会ったことがない。母にとって、私はいつも……。母は、戦争の影響で一九五〇年十月に死んだ。家族の犠牲となった。母は何年ものあいだ家族によって生命力を削がれ、最後の最後に、本当に殺されてしまったのだ。母のもとにいるよりも、私は……。母と私とは本当に生涯にわたって、いつもごく難しい形でしか、一緒に暮らすことができなかったし、母の本質を再現しようとしても、私には今もその能力がない。ほのめかすことさえ不可能だ。母の波乱に満ちた、しかし非常に短い、たった四十六年の生涯をおおよそ理解することも、この素晴らしい女性を正当に評価することも、未だにできない。母のところにいるよりも……。母は夫、すなわち私の後見人の子供たちと一緒にいて、後見人は決して私の義理の父になることがなかった。法律で言うところの「入籍」手続きをすることがなかったから、後見人は私にとって、生涯のあいだずっと「後見人」でしかなかった。決して「義理の父」になることはなかった。母のところにいるよりも、私は、祖父母のもとにいる方が多かった。なぜなら、そこにいればいつも大事にされ、分かってもらえ、理解され、愛されたから。そうしたことを私はほかのどこにも見つけることができなかった。私は完全に祖父の庇護と、気づかぬうちに受けた教育的影響のもとに育った。私の一番美しい思い出は、祖父と一緒に何時間も自然の中を歩き回った散歩であり、散歩の際にした観察だ。この観察を祖父は、私の中で芸術にまで発展させることができた。祖父が指し示し、目を留めるよう促してくれたものすべてに対し、注意深くなったことで、私は祖父と過ごしたこの時間を、唯一の有用な、生涯にわたって決定的な学校だったと考えることができる。ほかの誰でもない祖父こそが、私をまず自然と親しませることによって生命と親しませ、また、生きるということを教えてくれたのだから。私の持っているすべての知識は、この人間、私にとってあらゆる点で人生と存在を決定づけたこの人間に、由来している。祖父自身は、私が祖父という学校で学んだのと同じように、モンテーニュの学校で学んだのであった。祖父はザルツブルク市の事情や状況をとてもよく知っていた。祖父自身が、両親によってザルツブルクの学校に入学するよう、この町に送り出されたのであったから。祖父は神学校に入った。だが、神学校《プリースターハウス》通りにあったこの施設の中で、五十年以上もあとになって私がシュランネ通りで苦しまねばならなかったのと同じ事情に苦しまねばならなくなり、出奔したのである。当時、つまり二十世紀に入る少し前の時期としては途方もないことであったが、祖父はバーゼルに行って、無政府主義者として、クロポトキンのように危険な生活を送った。その後、妻となった私の祖母と一緒に、二十年ものあいだ、この上なく恐ろしい状況の中で、無政府主義者としていつも捜索され、しばしば逮捕され、拘留された。このような時代のただ中、一九〇四年に母がバーゼルで生まれた。次いで、警察の追求から逃れるため若い二人が漂着したミュンヒェンで、叔父が生まれた。この息子、私の叔父は、生涯ずっと革命家であった。十六歳にしてウィーンで共産主義者の嫌疑を受け、たいていは拘留されているか逃亡中かどちらかであったが、自分の共産主義の理想に生涯忠実であった。決して現実化することがなく、叔父のような並外れた頭脳の中の空想に留まっていた共産主義、叔父のように並外れた人間を一生涯不幸なままにしておき、破滅へと至らしめるほかなかった共産主義の理想に、叔父は、生涯親しみ、忠実であった。叔父は、とても恐ろしい、ひどく悲しい状況の中で破滅した。しかしこのこともまた、触れるだけに留めておこう。ここに記したすべての備忘と同様に。祖父が、孫の私をザルツブルクの学校に入れたいと思い、その決断をしたのは、おそらく彼が学校生活を送った町ザルツブルクでの、祖父自身の経験によるものだった。だが、孫もまた、学業の町としてのこのザルツブルクで挫折する運命にあったことを、祖父は予期していなかった。事実を目の前にしても理解できなかったし、たとえ理解できたとしても、納得することはできなかった。おそらくそれは祖父にとって、自らの挫折の恐ろしい繰り返しであったのだ。自分には不可能だったことを孫に成し遂げさせる、つまり、祖父の故郷であり私の故郷であるこのザルツブルクで、本物の高等教育を修了すること、卒業させること、きっとそれが、祖父の目標であった。祖父を失望させねばならなかったのは、辛かった。だが、幼少期から青年期の初めまで、私がずっと受けていた祖父自身の教育こそ、ザルツブルクでのこの失敗の前提ではなかったろうか？　しかし祖父は、まだ行動にこそ移されてはいなかったものの、予測できる事実、私が近々ギムナジウムを辞めるであろうという事実を、想像すらしていなかった。ギムナジウムでの私の進歩とは、根本において後退にほかならなかったのだ。私はこのギムナジウムで何かを学ぼうという気持ちをこれっぽっちも持てなくなっていったのだから。ある時点以降、私はこの学校というもの、学校にまつわるすべてを憎んでいたし、学校の生徒として既に失格だった。それでも私は無理にもなお数ヶ月、実を言えばなお一年半のあいだ、この耐え難い状態を我慢してギムナジウムに通った。学業で前進することの不可能をすっかり確信しながら、引き続き、この上なく屈辱的で憂鬱な状態に、強いて自分を置いたのだ。私は、自分にとって細部に至るまですべて耐え難いものとなったグリューンマルクトのこの建物に、毎日、地獄に入るような気持ちで通った。そして第二の地獄はシュランネ通りの寄宿舎だった。こうして、一方の地獄から他方の地獄へと往還し、絶望にばかり捉えられていたが、私は誰にも、この絶望の片鱗すら見せることはなかった。祖母はザルツブルクの大市民の娘で、親戚は今に至るまで町のあちこちに古い広壮な邸宅を構えている。この親戚たち、祖母の親戚だからつまり私の親戚でもある家々を、訪ねてみなさい、とよく祖母に勧められた。だが私は一度もこの勧めに従わなかった。この親戚たちはどの家もみな商いをしていて、私の不信はあまりに大きかった。だから、あの重い鉄の扉を開けて中に入り、好奇心いっぱいの破壊的な視線や、間断なく浴びせられる問い、彼らの猜疑心に、自分を曝すことは不可能だったのだ。祖母自身、何度も繰り返し私に話してくれた。彼女にはただ怖いばかりであったザルツブルクの町、町同様に冷たい親類縁者の中で暮らした恐ろしい幼少期と青春期のことを。祖母が実家で過ごした少女時代は、ちっとも楽しいものではなかった。だから、大きな店を構えていた両親の希望で、十七のとき、富裕な四十歳のザルツブルクの縫製師と結婚させられたあと、この強制された婚姻生活、三人の子をなした結婚生活を一夜にして捨て、家からプリースターハウス通りにある神学校を眺めた際に知り合った私の祖父を追い、バーゼルに行き、決して「単純な男」ではなかった私の祖父と生涯一緒にいようと決めたのは、ごく自然なことだった。祖母が自分の子供たちを置いてきたのは、ただ、この愛してもいない夫、祖母にとっていつも不気味で残酷な男であった夫から逃れるためであって、まだ二十一歳になったばかりで三人の子供を産んだ婚姻、商売目的のために結ばれたこの結婚生活から逃れるためだったのだ。祖母は勇敢な女だったし、私たち家族の中でただ一人、屈託のない生の喜びを一生持ち続けた人であった。その生涯は、その後、ザルツブルクの精神病院の、半分錆びついた鉄のベッドが三十以上も雑然と置かれた巨大な病室で、かなり悲惨な形で終わりを迎えることになった。私は、亡くなるほんの二、三日前に祖母を見舞った。気が触れて錯乱した、まるで救いようのない、死に行く老人たちの中で、祖母は、私が話すことにまだ耳を傾けていたが、もはや理解することができず、ひっきりなしに泣いていた。祖母を見舞ったこの最後の面会が私にとって、生涯で最も悲痛な思い出だと言えるかもしれない。だが祖母は、信じられないほど豊かな生涯を送ったし、祖父と一緒に、また祖父がいなくとも、ヨーロッパ中をあちこちと巡り、ドイツとスイスとフランスの町をほとんどすべて知っていたし、私が生涯で会った人の中で、一番うまく、聴く人の心をとらえるように物語ることができる人だった。祖母は、亡くなったとき八十九歳になっていたが、私には祖母から聞いておくべきことが、まだ沢山あったように思う。最も多くのことを体験したのは祖母であったし、祖母の記憶は、最後まで明瞭だった。祖母にとって故郷の町であったザルツブルクは、人生が終わろうとするとき、祖母に対して最も恐ろしい姿を見せた。混乱した医者たちによって病院へ、最後には精神病院へと送り込まれ、誰からも、親戚であれ何であれ本当にすべての人から見放されて、病室というよりもむしろ、死に行く人々がいっぱいに詰め込まれた巨大で非人間的なホールの中で、最期を迎えた。このようにして、私にとって最も近しい存在であったすべての人々、それはみんなこの町、あるいはこの風景から出て来た人々であったが、彼らは再びこの町、あるいはこの風景の土の中へと、帰って行ったのだった。しかし、私が母や、祖父母、叔父の墓に行くことは、それ自体が甲斐のない、叶えられることのない呼びかけであり、気分を弱らせ、沈んだ、陰鬱なものにすることでしかないのだ。自分の人生の歴史を曝け出したりなどすべきではない、と、ときおり思う。だが、こうして公の場で説明を始めた以上、先へと進まねばならないのだ、そうモンテーニュは言っている。自分の本当の姿を知ってもらいたい、真実に即してさえいれば、どれだけ多くの人に知ってもらうかは、どうでもよいことだ。いや、もっと正確に言おう。ほかには何にも望まない、とにかく、自分のことを自分の名前しか知らない人達に誤解されるのは、まっぴら御免だ、そうモンテーニュは言っている。ギムナジウムは私にとって、私が持っていたすべての前提からして、不可能なものになっていた。それは、私がギムナジウムに入るよりも前からのことであり、本来、ギムナジウムに入るべきではなかったのだろう。けれど、私がギムナジウムに入ることは、祖父の希望であり、この希望を私は叶えてあげたかったのだ。実際、初めは自分の力をすべて振り絞って、祖父のために、この希望を一度も抱いたことがない自分のためではなく、祖父の希望を叶えてあげようとした。自分ではむしろ、親戚が営んでいるひき臼のように苛酷な労働現場のどこかに入った方がましだった。が、もちろん私は祖父の希望に従った。ギムナジウムという回り道をしなければ、ひとかどの者にはなれない、そんな風には私は感じていなかったが、祖父は突如としてそうした感覚を抱いたのだ。それは、祖父自身の思想とは完全に矛盾することなのに。そして誰もが、ギムナジウムが存続する限りいつの時代も、ずっとそれを信じているのだ。ところが私は、自分がギムナジウムで失敗することをあらかじめ絶対的に確信していながら、実際そこに入ったのであり、ギムナジウムを支配する教育と授業メカニズムは、私に、つまり私の全本質に対して、破壊的効果しか及ぼしえないのであった。しかし祖父から見たら、ギムナジウムでなければならなかったのだ。祖父自身、いわゆる実科学校しか行っていなかった。つまり、「人文」中等学校ではなく、いわゆる「工業」学校しか行っていなかった。それゆえ孫には、いずれにせよ自分が入ることが許されなかったギムナジウムに入ってもらいたかったのだ。私がギムナジウムに入ったこと、正規学生として転入を許可された事実は、祖父にとって非常に大きな意味があった。祖父はこのとき、私の中で、自分が成し遂げられなかったことを成し遂げたのだ。今や私は、いわば祖父を通じて、いわゆる教養があり、それゆえに上等な存在の、最初の本質的な段階に踏み出したのだ。しかし、ギムナジウムに入った時点から、私の中のすべてが、私に告げていた。すべての前提からしてここに逆行する存在である私は、ここにはまったく属さないのであり、ここでは挫折せざるをえないのだ、ということを。逆に、このギムナジウムに属していた人たち、それはおそらくギムナジウムに入ったほとんどすべての生徒であったが、彼らはギムナジウムをすぐにわが家のように見ることができた。しかし私の方は、このギムナジウムを制度として、また建物として見ることはできても、金輪際《こんりんざい》わが家のように感じることはできず、逆にギムナジウムは私にとって、あらゆる点で、自分とは反対のものの権化なのであった。祖父母と母は、私が今、ギムナジウムに通っていることを誇りに思っていた。つまり、まだ何者でもない人間から、八年もしたら教養があり地位がある、抜きん出た、並外れた人間、いずれにせよ非凡な人間が作られると世間が信じているところ、そこに私は入ることが許されたのだ。祖父母と母は、この誇りをはっきりと表に出した。ところがその一方、私自身は、ギムナジウムに入ったことはまったくの間違いだと確信していたのである。私の本性は別のものであり、ギムナジウムには適していなかった。本来、祖父こそがそれを知っていなければならなかっただろうに。祖父自身がその導きによって私を、人生の学校としてのギムナジウムに不適格にしたのだから。どうして今になって急に、ギムナジウムのような学校に私が適応していくことができただろうか。実際私は、それまでの生涯のあいだずっと、祖父の学校で、厳しく、祖父に最大の注意を受けながら、旧来のすべての学校とは反対の方向に、教育されてきたのだ。祖父は、私が認めた唯一の教師であったし、多くの点において、それは現在まで変わることがない。それゆえ、祖父がそもそも私をいわゆる中等学校に入れたという事実、ザルツブルクに引き渡したことは、それだけでもう孫にとって、ほかならぬ裏切りを意味していた。けれど、私はいつも祖父の指示に従ってきたし、祖父の命令を聞いてきた。祖父は、私がこれまで無条件に従い、命令を無条件に聞いてきた唯一の人間だった。祖父は、私をザルツブルクにやり、寄宿舎に引き渡し、まずは基幹学校に、そしてギムナジウムに入れたことによって、自家撞着《じかどうちゃく》に陥っていた。そしてこの自家撞着は、祖父が私に対して生涯にただ一度だけ見せた自家撞着であったし、疑いなく、孫である私にもっとも大きな衝撃を与えずにはおかなかった。祖父のこの矛盾は、実際私に荒廃的な影響を与えたし、この行為は祖父のうちのすべての思考に反するもの、私の中のすべての感情に反するものであって、単に祖父が生涯抱いていた願望に妥協しただけのものだったのだ。しかし、この行為が誤りだったことは、祖父がまだ生きているうちに明らかとなって、極めて痛切な形で祖父に自覚されることとなった。ヴァラー湖畔のゼーキルヒェンとトラウンシュタインで私が通った小学校は、私を危険な状態に陥れることはなかった。なぜなら私は、いつも祖父のそばにいたから。つまり私は、いつも祖父の啓蒙的影響下にあって、いわゆる「初等教育」を施すこれらの小学校に身を委ねることがまったくなかったし、それらの小学校から距離を置いて、ごくわずかな害も受けることなく、やすやすと通過することができたのだ。けれど、祖父の思考に現れた突然の屈折、いわゆる「中等学校」*1が私に必要だなどと、急に祖父が考え出したことにより、私の中では多くのものが、時にはほとんどすべてが破壊されてしまった。これは祖父の中の自己矛盾だった。ギムナジウムの教授たち自身、おそらくは哀れな、打ちのめされた精神なのであった。どうしてその彼らが私に教えることなどできただろうか？　教授たち自身、不確かで、一貫したところのない、惨めな存在だというのに、彼らの話がどうして私にごくわずかでも、ためになることがあるだろうか。祖父は私に十年以上にわたって観相学を教えてくれた。今や私は、この学問を実際に使うことができた。結果は凄まじいものだった。これらの人々は、自身が、一方では校長のシュニッツァーを怖がり、他方では生涯の宿命である自分の家庭状況に怯えていて、私に何も訴えてくるものがなかった。彼らと私との関係は、根本において、ほぼ完全に、互いへの軽蔑であり、彼らによる、やむことのない私への処罰からなっていた。このやむことのない処罰に（それが正当か不当かは議論にならなかった）、私はすぐ慣れたし、私の情緒は間もなく、侮辱され虐げられた気持ちを常とするようになった。私はこうした教授たちを軽蔑したし、時とともに彼らを憎むようにもなっていった。なぜなら、私から見て彼らのやっている

＊1　オーストリアもドイツと似ているが、初等教育段階として小学校に四年通ったあと、中等教育（オーストリアでは八年）は一貫して一つのタイプの中等学校でなされる。基幹学校（Hauptschule）やギムナジウム（Gymnasium）は中等学校の一タイプであり、一般的には成績優秀で大学進学を目指す生徒がギムナジウムに通う。

ことは次のようなものでしかなかったから。つまり彼らは、毎日、くさい匂いのする歴史の汚物を、それが「高等知識」だと称して、きわめて恥知らずにも、巨大な底なしのバケツからぶちまけるように、私の頭に絶えず振りかけ、この行為が実際どんな効果を及ぼすかということは、これっぽっちも考えようとしないのだ。完全に機械的な、よく知られたあの教授然とした態度と、よく知られた教授らしい鈍感さで彼らは、お上である国家から彼らに指令された解体、破壊、そしてその悪意ある帰結としての殲滅、すなわち彼らの教育を行って、自分たちに委ねられた若い生徒たちを破壊しているのだ。こうした教授たちは病人にほかならず、彼らの病気がもっともひどい状態を示したのが授業であった。そして鈍感な者または病気の者、鈍感でかつ病気の者、それがギムナジウムの教授なのであった。なぜなら、彼らが毎日犠牲者たちの頭に注ぎかけるもの、すなわち彼らが教えるものとは、鈍感であり病気であって、実のところ、数世紀もの古さの、腐った精神の病としての教材であり、この教材の中で一人一人の生徒の思考は、窒息せざるを得ないのだ。学校において、特に中等教育を施す学校において生徒の中に絶えず詰め込まれる、腐った、役に立たない知識は、彼らの生来の自然を非自然へと変質させる。そして私たちがいわゆる中等学校の生徒と関わりになるとき、私たちが関わっているその生徒とは、生来の自然をこのいわゆる中等学校で完膚なきまでに打ちのめされて、不自然な人間となった生徒なのである。いわゆる中等学校、中でもギムナジウムと呼ばれる学校は、本来いつも、人間の持って生まれた自然を打ちのめすことにしか寄与して来なかったのであり、今、どうしたらこの自然を根こそぎにする中心機関を廃絶できるか、考えてみるべき時が来ているのだ。これは、人間が持って生まれた自然を殲滅する中心機関であることがとうの昔に分かっており、そのようなものとして証明されているがゆえに、廃止されねばならないのだから。いわゆる中等学校は廃止されてしかるべきだ。いわゆる中等学校、ギムナジウムや高校と呼ばれるもの等々が廃止され、今後は小学校と大学のみに限定されたとしたら、世界はよりよくなるだろう。小学校は若い人間の中の何も破壊したりはしない。若者の本性のうちの何も破壊することはない。そして大学は、学問をするのにふさわしい人間のためのものであり、いわゆる中等学校がなくとも学問に適した人間のためのものであるから。しかし、中等学校は廃止されるべきだ。そこでは若者の大部分が破滅させられるし、破滅せざるをえなくなるのだから。我々の教育システムは数世紀を経て病んだものとなった。そしてこの教育システムの中にねじ込まれた若者たちは、病んだ教育システムに感染し、何百万人もが病んでいる。病が癒えることなど考えられない。社会は、自らを変えようとするなら、この教育システムを変えねばならない。なぜなら、社会がこれを変えず、制限せず、大部分を廃止しなければ、間もなくこの社会は確実に終焉を迎えるから。しかしこの教育システムは、根本的に変えるのでなければならない。あちらを変えたりこちらを変えたりを続ける部分的変更では、充分でない。我々の教育システムは、そのすべてを変えねばならないのだ。地球上に住む人間のすべてが非自然によって破壊され、打ちのめされて、非自然な人間しかいないようになることを望むのなら、別であるが。まず何よりも先に必要なのは、いわゆる中等学校を廃止すること。毎年、何百万もの若者がそこに詰め込まれ、病気にされ、破壊され、殲滅されている。新しい世界、革新された世界が到来するとしたら、そのときはもう、大衆のための基礎教育と、個々人のための高等教育しか残らない。新しい世界は、何百年も続いた痙攣《けいれん》から自らを解放し、ギムナジウムを含め、中等学校は廃止されるのだ。そしてそのような非対称性があるのなら、それは、一方が起こり他方が起こらなかったことの原因と捉えることができる、そうヴィトゲンシュタインは述べている。*1 二十年経った今でも私は、ザルツブルクの町に着くとその瞬間に、極端な気圧の降下が私の内部のすべてを傷つけると同時に、いつも同じ陰鬱な、少なくともイライラした精神状態または気分、あるいは、精神状態および気分に襲われ、この精神状態または気分、より正確に言えば、精神状態および心情の原因が何なのか、考えるのである。今では無理には行かねばならない必然性はないのだが、それにもかかわらず（現実にまた頭の中で）私は、何度も何度もあの町へ行く。なぜ行くのか、自分でもよく分からないし、あそこには何も期待できるものはないことを知りながら、それでも期待を抱いて、一瞬にして捉われるあの精神状態と気分の中へと、まさに荒廃的と言うほかない心情の中へと、入っていくのだ。この心情の中へ、つまりこの町の中に入ることは金輪際やめよう、現実においても想像の上でも、今までの経験から私は、繰り返し自分にそう言い聞かせる。どちらの方角からにせよ、私がこの町に到着し、足を踏み入れるか車で乗り入れたとき、遅かれ早かれ、あらゆる理性に反して確実に、いつも決まって陥る精神的脱力、精神と心情の、私にとってまさに破壊的でおそらく致命的な急変、つまり精神と心情のこの状態が、なぜ起こるのか、それは、どれほど聡明な頭脳がその能力の限りにまた能力以上に精密に思考を働かせて、誕生と幼少期と青年期によって私がおそらく一生この建築群に結び付けられたこと、完全にこの自然に結びつけられたこと、そしてその逆の結びつきを考察したとしても、充分には解明できないであろう。到着の瞬間までは、軽くて見通しが利き、今の私の年齢からして難なく耐えられる筈であったものが、到着の瞬間にはもう軽くはなく、頭にズシリとのしかかって、もはや見通しの利かぬ不透明なものとなり、今でも心に恐怖しか呼び起こさない出身地という重荷をかけられ、耐え難いものに変わるのだ。幼少期と青年期、それは、あらゆる意味でひたすらに難しい、鬱々《うつうつ》とした困惑を生む時代であ

＊1　ルートヴィヒ・ヴィトゲンシュタイン『論理哲学論考』六・三六一一。

る。一般的に言って、まさにここに言及している年ごろの若者の発達は、将来への影響が実に大きく、不可解にも、のちのちまであらゆる面で効力を失わない戒めであり、惑乱した感覚なのである。幼少期の（そして青年期の）町は、まだ片付いてはいないのだ。今でも私は、少しの抵抗力もない無防備な頭で、この町に完全に支配された心持ちで、この町に入って行く。できる限りあらゆる方向へ行きあらゆる風景を経験したこの二十年という時間的隔たりも、この二十年のあいだにこの町を通り、いつもこの町に対抗しながら（ということは自覚している）私が体験し、学び、精魂を傾け研究し、そしてまた消し去ったすべてのことも、町に着いた途端に私を襲うこの心持ちに対して、無力であった。今でも、この町に到着するたびに私が陥るのは、同じ状態なのだ。同じ敵対性、敵愾心《てきがいしん》、同じ救いのなさ、同じ惨めさだ。家壁は同じ、人間も同じ。雰囲気も、頼るもののない子供の中のすべてを押し潰し、打ち殺してしまうこの雰囲気も、同じものだ。同じ声が聞こえ、同じ音、同じにおい、同じ色がある。それらすべては、私がいなかった時はただ見かけだけ停止していて、私が到着するとともに再び動き出す病の過程なのであり、休みなく進行し、どんな薬も効かない。実のところそれは、死へと進む過程なのである。死へと進む過程が、私が到着し、最初の歩を進め、最初の思考をめぐらしたとき、再び始まるのだ。再び私は、この町に特有の、死に至らしめる空気を吸い、死に至らしめる声を聞き、再び私は、二度と行ってはいけない筈のところ、すなわち、幼少期と青年期の中を歩く。再び私は、すっかり分別を失くし、饒舌《じょうぜつ》であってはいけないところで饒舌となり、黙っていてはいけないところで沈黙する。私の故郷（の一つ）であるこの町が、その美しさで有名なことは、この町が低俗で責任能力を欠いた恐ろしい場所だということ、偏狭で誇大妄想癖を抱いた町だということ、それを容赦なく強烈に感じさせるための手段にほかならないのだ。ほかの何よりも、第一に私は自分を研究している、それが私の数学であり、私の物理学であり、自分こそが私の扱う材料の中の王様であって、誰にもそれを釈明する必要はない、そう、モンテーニュは書いている。ギムナジウムで出会った人たちのうち、記憶に残っているのはとりわけ二人の人物である。一人は、小児麻痺のためにすっかり不具になってしまった同級生で、建築家の息子だった。父親の建築家は、ザルツァッハ川左岸に立ち並ぶ古い建物の一つ、高い丸屋根があって、厚さが一メートルもの塀に囲まれた、湿気で四、五階まで黒ずんだ建物の中に、事務所を構えていた。私も、数学の塾に通うため頻繁にそこに出入りしていたが、幾何学図形を描くとき、この不具者の同級生がいつも手助けしてくれて、彼と一緒に課題をやった方が、一人でやるよりうまく進むのであった。私は足繁《あししげ》く、少なくとも週に一度はこの不具の級友の家に通った。もう一人は、地理の教授ピッチオーニだった。この、背が低くて禿頭の、まるっきり風采の上がらない男は、生徒たちみんな、いや実際のところギムナジウムじゅうの、嘲笑と蔑みの的だった。本当に醜くて、自分の醜さにほかの誰よりも悩んでいるこのピッチオーニ教授は、同僚の教授たちにさえ笑い者にされていた。ピッチオーニは、私がギムナジウムに通っていたあいだずっとみんなの嘲りと蔑みの的であり、侮辱と嘲笑を生む、尽きることのない源だったが、そのピッチオーニが、私から見て段々ギムナジウムの中心となっていき、今もどう考えても中心のままなのだ。一面では、ひとりの人間がどれほどの犠牲を払うことができるかを表す恐ろしい実例であり、他面では、そういう人に対して社会が、気兼ねなく考えもなく、間断なく極めて残酷な仕打ちを続ける実例として、つまり、一面ではひとりの人間がどれほどの苦痛と苦悩を背負い込むことができるか、他面では（その人を）取り巻く社会がどれだけ卑劣で低劣たりうるのかの典型例として、中心なのであった。一人は建築家の不具の子、もう一人はピッチオーニ、この二人が、ギムナジウムにいる人物としては、私の中で支配的な人間だった。この二人に対して、学校という共同体が、容赦ない社会としてひどく陰湿なやり方で連日、その恐ろしい顔を見せつけていた。一方（不具者）と他方（ピッチオーニ）を見ることで、私は、学校の中で、学校共同体という社会に属するこの二人に対して間断なく残酷な仕打ちが日々新たに編み出されるのを観察することができたし、同時に、この二人の、いずれにしてもずっと続く、時を経るごとになおもなおも傷つけられていく人間の救いのなさ、彼らが破壊され、完膚なきまでに打ちのめされていく過程がもうかなりの程度まで進んでいることを、学校に行くたび、ますますゾッとする思いで観察することができた。学校を共同体と言おうが社会と言おうが、いずれにせよ、すべての学校にはその生贄《いけにえ》がいる。私が通っていたころのギムナジウムでは、くだんの二人、建築家の不具の息子と地理の教授が生贄であった。（社会の持つ）あらゆる卑劣さ、人間が持って生まれたあらゆる残酷さと恐ろしさが、共同体の疾病として連日、二人の上にぶちまけられ、この二人に対して爆発した。醜いがゆえに苦しむことと、体が不自由であるがゆえに苦しむことは、共同体また社会にとっては我慢のならぬことであり、毎日、繰り返し笑いものにされ、笑いものにされることによって、蔑視の対象ともなったのである。生徒も教授たちも、みんながひっきりなしに機会さえあれば、嘲って楽しんだ。そして人間が集まるところ、特に学校のように恐ろしく沢山の人間が集まるところなら、どこでもそうだが、このギムナジウムにおいても、ひとりの人間の苦しみ、あるいは、建築家の不具の息子や地理の教授の場合のように、二、三の個々人の苦しみというものは、社会の卑劣な娯楽対象となり、嫌悪すべき倒錯の対象となるばかりであった。ギムナジウムで、この娯楽に加わらなかった者はいなかった。いわゆる健康な人というものは、いつも、世界のどこであれどの時代であれ、密かに、あるいは公然と、実にあからさまに、あるいはまったくの嘘で正当化しながら、世界中でいつの時代も何よりも好まれるこの娯楽、苦しむ者、片輪者、病人を生贄にしたこの娯楽に好んで加わるものだ。こうした共同体、こうした家の中では、いつもすぐに生贄が求められるし、生贄はいつも見つかる。初めはそうした生贄がいなかったとしても、いずれにせよそうした生贄にされてしまうのだ。ギムナジウム（または寄宿舎）のような建物に入っている共同体社会、社会共同体とは、常にそうした振る舞いをするものなのである。一人の人間に、精神的または身体的欠陥と言えるものを見つけて、この精神的または身体的欠陥ゆえにこの人間を共同体社会全体の愉悦の種にすること、それは簡単だ。人間が複数集まれば、いつもすぐに誰かが嘲笑の的となり、尽きることのない嘲りの種にされる。それは大声での、あるいは小声での嘲笑かもしれないし、ごく陰険な、つまり、まったく声に出さない嘲笑かもしれないけれど。社会共同体は、多くの、またはわずかな人の中から一人を選び出して、その人を生贄にするまで休むことがない。見つけると、絶えずみんながあらゆる機会をとらえて、人差し指でこの生贄を突き続ける。共同体社会はいつも、もっとも弱い者を見つけ出しては、はばかることなく嘲笑を浴びせ、常に新しい、どんどんエスカレートしていく軽蔑と嘲笑の拷問を課す。そしてこの、いつも新しい、ますます残酷なものとなっていくそのような軽蔑と嘲笑の拷問手段を編み出すことにおいて、共同体社会は実にアイデアに富んでいる。様々な家庭を覗いてみるだけで分かる。そこにはいつも蔑みと嘲りの生贄が見つかる。人間が三人集まればもう、そのうち一人がいつも蔑みと嘲りの対象となる。比較的大きな共同体社会は、そのような一人の、あるいは数人の犠牲者なくしてはそもそも存在しえない。社会共同体はいつも、自分たちの中から一人または二、三人の欠陥を見つけ出して、愉悦の種にする。これは人生のどの時期でも認められることだ。そして犠牲者は、完全に破滅するまでずっと利用され続ける。建築家の体の不自由な息子と地理の教授ピッチオーニに関して、私が観察できたのは、このような社会または共同体が生贄に対して示す蔑みと嘲り、生贄に対して行う破壊と殲滅がどれほど卑劣なものになりうるかということ、常にそれが極端な程度まで行くということ、往々にして、この生贄があっさり殺されてしまうことによって、この極端な程度さえも越えてしまうということであった。そしてこうした犠牲者に対する同情も、常に「同情」と呼ばれてはいるが、実は、他の人々の行動や残酷さに対する一個人としての良心の呵責《かしゃく》にほかならず、実際はこの人も同じくらい積極的に、残酷な行為者としてこれに加担しているのだ。これを美化することは許されない。共同体社会を楽しませるために、そうでなくともとことん絶望している生贄たちに対し、残酷で、卑劣で、配慮を欠いた行為がなされていることは、数百、数千もの実例が明らかにしている。そしてこの共同体社会、あるいは社会共同体によって、残酷とか卑劣といった範疇《はんちゅう》に入るすべてのことが、生贄たちに対して試みられ、ほとんどいつも、彼らが殺されるまで、ずっと続けられている。社会の弱い部分、弱い存在である者たちがまず攻撃され、搾取され、殺され、消去されるのは、常に自然の成り行きだ。そして人間社会はこの点において、もっとも巧妙であるがゆえにもっとも卑劣なのである。数世紀という時間の流れは、これをまったく変えなかった。逆に手段はより洗練され、洗練されたことによってますます恐ろしく、ますます卑劣なものとなった。道徳とは偽りだ。いわゆる健常者は、心の底ではいつも病人や不具者を見て楽しんでいる。共同体であれ社会であれ、いわゆる健常者たちはみんな、いわゆる病人、不具者を見て、いつも喜んでいるのだ。毎朝、ピッチオーニがギムナジウムに姿を見せると、その登場とともにピッチオーニへの苛めのメカニズムが、まるで何の遠慮もなく始められる。そしてこの苛めのメカニズムの中でこの人は、午前中ずっと、そして午後の半分も苦しまねばならないのであった。そしてギムナジウムをあとにして、当時住んでいたミュルン大通りの自宅に帰っても、彼にとってそれは、ギムナジウムという名の苛めのメカニズムから逃れただけであって、家に帰ればまた、家の苛めのメカニズムに組み込まれねばならなかった。なぜなら私が知るかぎり、自宅もまたピッチオーニにとって恐ろしいところ以外の何ものでもなかったから。彼は結婚していて三人か四人の子供がいたが、その彼が細君の前を、一番幼くて一番小さな子供を乗せた乳母車を押しながら、ザルツブルクの町なかを、土曜や日曜の午後、この上ない絶望の表情で散歩している情景を、私は何度も見たのだ。自分に何の咎もないのに、醜いがゆえに生涯罰せられていたこの男は、生みの親のお陰で、共同体社会の嘲笑と侮蔑に曝され、他に類例がないほどに思いやりのない人間たちの目に曝されていたのであって、まさに社会の生贄として産み落とされたのであった。はっきり見て取ることができたが、ピッチオーニは、自分の醜さと欠陥によって社会を楽しませるという自分の役回りに、早くから折り合いをつけていた。

彼はそもそも社会の生贄以外の何ものでもなかった。ほかにも多くの人が生贄であったのと同じだ。ただ私たちはそれを認めようとしないし、何か別のものであるかのように誤魔化している。ピッチオーニは優秀な、それどころかきっと、これまでこのギムナジウムにいた中でもっとも優秀な地理の先生だった。ひょっとしたらこの学校で教鞭をとった教授の中で、もっとも優れた能力を持っていたかもしれない。なぜなら、ほかの教授たちはみんな健康で、まさにその限りない健康ゆえに月並みと言うほかはなく、このピッチオーニ先生にはいかなる点においても匹敵しないのであった。私は、苛められていたこのピッチオーニ先生のことを今もごく頻繁に思い出すし、夢にも見る。実際、確かに彼は、どこもかしこもこの上なく滑稽ではあったけれど、その滑稽さこそが、ギムナジウムにいた他のすべての人を遥かに、実際すべてにおいて、そしてあらゆる程度に凌駕している一つの確かな偉大さなのであった。放課後、ほかのみんなが帰ってギムナジウムが空になったあと、体の不自由な建築家の子は、まだ彼の席（つまり私の隣の席）で待っていた。体を動かすことがほぼ完全に不可能であったこの級友は、毎日、母親か姉が迎えに来て自分を椅子から抱き上げ、車椅子に座らせてくれるのを待っていなければならなかったのだ。彼はこのやっかいな措置に以前からもう慣れていた。隣に座っていたからというわけではないが、私は、彼のこの長い待ち時間の退屈を紛らしてやることがよくあった。待ち時間を利用して私たちはたいてい、お互いのもっとも身近な生活環境について報告しあった。つまり私は、寄宿舎の出来事の中から報告に値すると思われたことを、彼は自宅での出来事を語った。母親が来る時間が遅れることがときおりあったし、姉も、ときには約束より一時間も遅れて来た。こうしたとき、待ち時間はもちろん長く感じられた。よく私は、そこから逃げ出して、グリューンマルクトを抜けシュターツ橋を渡って寄宿舎に帰りたくなった。しかし彼はことあるごとに私に友情を示してくれていたから、私はそこに留まっていた。いつも、彼の母か姉は、息子であり弟である彼を迎えに教室に来るとき、ギムナジウムのすぐ下の青物市場で買った野菜か果物の束を抱え、階段をのぼって来た。二人は野菜と果物を車椅子に吊り下げると、障害のある彼を抱え上げて車椅子に座らせ、私の手も借り、息子であり弟である彼を、車椅子と野菜と果物もろとも教室から運び出し、広い大理石の階段を下ろしたのである。二階にあった戦没者記念碑の前まで来ると、障害のある彼が乗った車椅子の重さに耐えきれず、一旦、床に下ろして休憩を入れた。私はたいていそこで別れを告げ、逃げ帰った。この手助けのため、寄宿舎に帰り着く時間はしばしば遅くなり、冷たい食事しかもらえず、舎監の厳しい態度に耐えなければならなかった。ほかの生徒は、靴店を経営するデンクシュタイン家の息子など、裕福な商家の子弟か、医者や銀行家の子息たちだった。近ごろよくあるのだが、どこかの商店の前に立ち、正面に掲げられているその店の看板を見ると、知った名前のことがある。そして私は、この店の今の経営者とはギムナジウムで一緒だったな、と考えるのだ。あるいは新聞を読んでいると、ギムナジウムで一緒だった裁判官とか検事の名前が出て来たり、ギムナジウムで同じクラスだった男が製粉工場の経営者として紹介されていたりする。医者になった者も少なからずいる。たいていの生徒は、自分の父親と同じ職業に就くために私と同じギムナジウムに通っていたのであり、その後、父親の商売を引き継いだり、同じ官職に就いたりしているのだ。だが、実際彼らのうちの誰よりも、ここに名前は書かないけれど、体の不自由なあの建築家の息子のほうが、私の記憶にずっと強く残っている。あの体の不自由なギムナジウム生と、考えられる限りのあらゆる醜さ、あらゆる滑稽さを備えていた地理の教授の二人こそ、私がギムナジウムを思い出すたびすぐに頭に浮かぶ人たちなのだ。ギムナジウムの建物、町の真ん中にあり、それゆえ世界で最も美しい建築物に囲まれたこの建物は、私にとって次第に耐え難いものとなっていき、不意に、本当にこれ以上いたたまれないものとなった。だが、この建物を最終的に自分の決心で立ち去るまで、ギムナジウムのみならず同時にシュランネ通りの寄宿舎をも飛び出すまで、私は、まだまだ多くの災い、多くの不幸に耐えねばならなかったのだ。当時の私は、今ちょうど思い出していたあの二人、体の不自由な建築家の息子と、地理のピッチオーニ教授と一緒に、不幸の三人組を構成していると思っていた。けれど、ほかの二人の場合、その不幸があらゆる点で明らかだったのに対して、私の不幸は深く私の中にあり、生来内側に向いていた私の本性のうちに隠れていた。そうした本性は、不幸を人に気づかれることがなく、不幸であることが大抵の場合明るみに出ないという利点を持っている。ほかの二人、建築家の息子と地理の教授ピッチオーニの場合、不幸を決して隠すことができず、生涯ずっと公のものであったのに対して、私は自分の不幸をいつも表層の下に隠すことができ、見えないようにすることができた。私は不幸になればなるほど、自分が不幸であるということ、自分の本性（の中）にある不幸を、一層気づかれないようにした。私の本性はその後も変わらないから、今でも当時と同様、ほとんどいつも自分の本当の内的状態を、装った外見によってうまく隠すことができる。外からは、私の本当の内的状態はまったく見て取れない。こうした能力は大きな安心感を与えてくれる。なるほど私はまだ毎朝シュランネ通りにある寄宿舎からギムナジウムに通ってはいた。が、この道を通うのはもう長くはないことを自覚していたのだ。だが、自分の中では固く心に決めていたこの考えについて、誰にも知らせなかった。逆にこのころ、完全に自分ひとりの意志で、ギムナジウムと、それゆえ寄宿舎も、そして中等教育のすべてを捨てるのだということを知っていたから、ともかくは、努めて何も問題ない風を装った。この将来の決断が引き起こすであろう結果は、段々どうでもいいものに思えて来て、祖父だってただがっかりするだけさ、と思った。どんなやり方で、実際どんな状況で捨てるか、まだはっきりとは分からなかったけれど、ただ、これほど長い年月自分を痛めつけ、虐げるばかりであったこの状態を終わらせるのだということだけは、はっきりしていた。急に私が規律正しくなり、滅多に注意を引かなくなったことは、本来ならおかしいと思わねばならないことだったろう。舎監も、舎監の上司である寮長フランツ小父も、私に関しては長いこともう、何の問題も感じていなかった。私はすっかり大人しくなり、学校ではそのうえ進歩さえ見せた。が、すべては、この苦悩の時代をまもなく終わらせるのだと、固く心に決めていたからであった。このころよくひとりで、ギムナジウムをやめることばかり考えながら、ザルツブルク市の二つの山に登った。上で、木の下に横たわるか岩塊の上に座るかして、急に美しいものに思えてきた町の光景を何時間も眺めた。中学校で過ごす苦悩の時代は今や、ほんのつかの間ではないけれども、長くはない時間の問題となったし、心の中では、この苦悩の時代からもう逃れていた。四六年の終わりごろ、祖父母と母と私の後見人は、子供たちを連れて、突然、一夜のうちにザルツブルクに帰って来た。彼らはドイツ当局から最後通牒を受け取ったのだ。即刻ドイツ国籍を取得するか、さもなければ直ちにオーストリアに帰国しなさい、という内容だった。オーストリア人であることを望み、ドイツ人になることを望まなかった彼らは、オーストリア、つまりザルツブルクに帰ると答えた。私は彼らのために、わずか三日のうちにミュルン地区に住まいを見つけて、住居を探しているほかの人たちに横取りされないよう、そこに立て籠もって家族を待ち、そしてみんなを迎え入れることができたのであった。オーストリア人のままでいてドイツ人にはならない、という決断によって私たちみんなが陥ることになった混乱を上手く利用して、私は、寄宿舎を出たあともしばらくはギムナジウムに通っていたのだが、心の中ではとっくにギムナジウムから遠ざかっていたある日のこと、実際、ライヒェンハル通りを歩いてギムナジウムに向かう道の真ん中で、ギムナジウムに行くのではなく、職業紹介所に行こう、と決心したのだった。職業紹介所では午前中のうちに、シェルツハウザーフェルト地区にある食料品店の店主ポドラハを紹介してくれた。前もって家族にひと言も断ることなく、このポドラハ氏の店で、私は三年間の見習い修行に入った。このとき、私は十五歳であった。

訳者あとがき

『原因』は、一九七五年秋、ザルツブルクのレジデンツ出版から刊行された。初版のカバーには内容紹介が印刷されており、次の一文で始まっている。「これは、トーマス・ベルンハルトがザルツブルクで過ごした寄宿舎時代の回想録である。」数行下には、「ここでなされる回想は、今世紀の自伝文学に類を見ないほど、仮借ないものである」とある。

内容紹介を書くのは著者ではない。が、本そのものにこうした紹介文が付いていたことは、この書が「回想記」または「自伝」として読まれてきたことを正当化する。今も事情は変わらない。著者の死後編まれたズールカンプ社版全集において、このテクストは、のちに発表された『地下』（一九七六）、『息』（一九七八）、『寒さ』（一九八一）、『ある子供』（一九八二）とともに一冊にまとめられ、『自伝』（*Die Autobiografie*）の共通タイトルを与えられているのである。

その一方、「自伝」というレッテルが貼られることでテクストの芸術性が見逃されてしまうのではないか、と危惧する声もある。西洋文学において自伝は非文学、あるいはそれに近いジャンルとして、周縁に置かれることが多いからである。それに、事実報告として読んだとき、多くの誇張やフィクショナルな要素を含むこのテクストは、事実に反するという批判を浴びせられかねない。だから「自伝」とは呼ぶべきでない、というわけである。

しかし、そもそも自伝とは主観的なものであり、往々にして美化され、自己弁明のため潤色される。事実そのものを書いた自伝はむしろ稀であって、炯眼な読者ならそれは分かっていることであろう。文学的質の問題も、個々のテクストごとに判断すべきで、ジャンルで決められるものではない。ゆえに、これらのテクストを「自伝」と呼んでも問題はあるまい。私（翻訳者）は、この五つのテクストを、「自伝五部作」と呼ぶことにしている。

とはいえ、結果的に五冊になったとはいえ、初めの『原因』が世に出たとき、続きが書かれるのかどうか、何冊くらい続くのか、定かではなかったようだ。著者の頭には構想があったのだろうが、編集者も、二作目『地下』が入稿したときはむしろ驚いたという。それだけ『原因』は、完結したものと受け止められていたわけである。その後刊行された四つも、読んでみると、それぞれに独立性と連続性を併せ持っていることが分かる。

『ある子供』の「あとがき」にも書いたとおり、この五部作は必ずしも時間的経過に沿って語られたものではない。第一作『原因』は、一人称の語り手、すなわち主人公が十三歳から十六歳になるまでを扱い、四作目までは大筋において彼の成長に沿って出来事が語られていく。しかし、四作目の終盤、語り手が両親についての問いを突き詰めていく中で、回想は幼少期へと遡り、最後の『ある子供』に至ってようやく、出生のエピソードを含む人生の最初期が語られる。そしてその五作目の終りが、一作目の冒頭に繋がって、五作は循環的構造を獲得するのである。しかも語り手は、回想の合間に現在の自分の考えを頻繁に挿入するので、読者は語りの現在という時点を常に意識させられる。何かのきっかけで、直前まで語られていた過去よりもさらに昔が回想されたり、最近の体験へと時間を下ったりすることも少なくない。こうした語り方は、一般的な自伝のそれと明らかに異なっている。自伝と言えば、家系の由来や自らの出生から始め、功成り名を遂げた人生の完成期まで、時間に沿って直線的に記述するのが普通だからである。

日本語訳を刊行するに当たり、本来最後に書かれた『ある子供』を先にして『原因』を二番目に回したのは、循環的構造を直線的構造に変えようという意図からではない。一作目の『原因』と七年後に出た『ある子供』では、語り手の姿勢と文体が随分異なっており、ベルンハルトを知らない読者には『ある子供』の方が入りやすいだろうと判断したためである。『原因』は攻撃的、闘争的姿勢が際立ち、文体も実に晦渋だから、これを先にすれば読者は早々に本を投げ出してしまうのではないか、と考えた。

『原因』の場合、特に初めの何頁かに長いセンテンスが連続する。一文が半頁から一頁以上にまたがることも少なくない。日本語は副文で繋げることができないので、翻訳の際、ある程度読みやすい文章にするため、泣く泣くセンテンスを切った箇所がいくつもある。『原因』を書き始めたとき、ベルンハルトはよほど気合が入っていたか、よほど憤っていたのだろう。それが晦渋《かいじゅう》な文章として表れている。二作目以降になるとこうした緊張感はほぐれ、結構読みやすい文章に変わっていく。

そんなわけで、『ある子供』のイメージとは異なる、怒れるベルンハルトを存分に味わえるテクストとして、『原因』もまた、この作家を理解するための重要な鍵である。ベルンハルトの怒りはしかし、本が刊行されたばかりのころ、読み手の側にもあちこちで憤りを誘発した。あとで詳しく述べるが、これは、訴訟まで引き起こした問題作なのである。おそらく今でもザルツブルクには、この本を読むと嫌気が差すという人が存在するだろう。ベルンハルトの自伝は、二作目以降、次々に文学賞を獲得し、高い評価が定着していくのだが、『原因』は毀誉褒貶《きよほうへん》が激しいものであった。だが、ベルンハルトにとってこの本は、書かずにはいられぬものだったのではあるまいか。

以下では、これまで積み上げられてきたベルンハルト研究をおおいに参考にして、『原因』の成立、伝記的事実と時代背景、この本が呼び起こした反響について詳しく述べたい。もちろん、読書に役立ちそうな情報のみを伝え、訳者の解釈は挟まない積りであるが、終りの方に少しだけ、訳者自身が気づいたこともつけ加えたいと思っている。

ベルンハルトを執筆へと動かしたもの

ベルンハルトは、一九六八年に発表した小文『不死は不可能だ』や、七〇年に撮影されたモノローグ『三日間』の中で、自らの素性や家族について語り、自分という人間を形成した「原因」について自問していた。その問いを発展させ、自伝という形で原因探求に取り組もうと考えたきっかけは、三つあったようである。

一つは、ベルンハルトの文学的後援者であり、かつては祖父ヨハネス・フロイムビヒラーの小説の出版にも尽力した作家、カール・ツックマイヤーが書いたエッセイであった。『ヘンドルフの牧歌』と題されたこのエッセイは、一九七二年、レジデンツ社から刊行されていた。

ドイツの作家ツックマイヤーは、ナチスの政権掌握直後からドイツ国内にいづらくなり、しばらくのあいだ、ザルツブルク近郊ヴァラー湖畔の村ヘンドルフで亡命生活を送っていた。彼は二〇年代から そこに別荘を所有しており、亡命以前も、夏は決まってそこで過ごしていたのである。ツックマイヤーの家（「ヴィースミュール」と呼ばれる）は当時、多くの文化人の交流の場となったが、三八年にオーストリアが併合されると彼はスイスに逃れ、最終的には合衆国に亡命した。戦後、一九七〇年、ツックマイヤーは賓客としてヘンドルフに招かれ、村をあげての大歓迎を受けたのであるが、このときのことを綴ったのが『ヘンドルフの牧歌』であった。そこには、彼がこの村で過ごした二〇年代から三〇年代にかけての回想も挿入され、彼の家を訪れた有名人たちのエピソードが綴られている。ゲルハルト・ハウプトマン、トーマス・マンとその一家、シュテファン・ツヴァイク、ブルーノ・ヴァルター、エーミール・ヤニングス、フョードル・シャリアピンなどなど、錚々《そうそう》たる名前が連なったが、すぐ次の段落には、ヘンドルフ出身の、「既に年老いた、けれども未だに無名の物語作家、ヨハネス・フロイムビヒラー」と、その孫トーマス・ベルンハルトのことが書かれていたのである。

このエッセイでツックマイヤーは、ベルンハルトの少年時代を「影に覆われていた」と形容しているのだが、どうやらこの部分が、ベルンハルトの気に障ったものらしい。自分の少年時代は「悲しい」ものでも「不幸な」ものでもなかった、むしろ「幸福な」時代だった、と言って、ツックマイヤーのエッセイから自分に関する部分を削除するよう、レジデンツ社に求めたという。このエピソードは、親交のあったカール・ヘネットマイヤーの回想録『トーマス・ベルンハルトとの一年』および、ズールカンプ出版の社長ジークフリート・ウンゼルトの出張報告に記されているのであるが、これをきっかけにベルンハルトは、自らの少年時代について思考を巡らすようになったものであるらしい。二ヶ月後、ウンゼルトの出張報告には、ベルンハルトとの打ち合わせ記録として、『思い出す』という新たな本の題名が記されている。

『原因』執筆のきっかけとなった二つ目の出来事、それは、この本に激しい弾劾の調子を与えることにもなった事件であるが、ザルツブルク音楽祭での非常灯を巡るいざこざであった。一九七二年夏の音楽祭（これは演劇祭でもある）では、初めてベルンハルトの劇が上演されることになっていた。『無学者と狂人』である。演出は、のちにウィーン・ブルク劇場の支配人となり、ベルンハルト劇『英雄広場』で大騒動を巻き起こすことになる気鋭のクラウス・パイマン、主演はブルーノ・ガンツであった。劇は完全なる暗闇の中で終るようにと、ト書きに書かれていたのだが、非常灯も消すように指示したパイマンの意図に反し、音楽祭側は消防法を盾にとって、初日の上演では非常灯は点《つ》けたままにされた。演出家と俳優たち、そして作家自身もこれに激しく抗議して音楽祭首脳部と対立、新聞はスキャンダルとして報じた。結局、初日以外の上演はすべて取りやめとなったのである。この出来事は、音楽祭に対するベルンハルトの姿勢を硬化させ、「二分の闇にも耐えられない社会に私の劇は必要ない」と言わしめた。音楽祭を売り物にする町、ザルツブルクに対しても、彼の怒りは激しかった。

実は、当時のザルツブルク音楽祭総裁を務めていたヨーゼフ・カウトは、若き日にベルンハルトが新聞記者として働いていたころの上司であった。詩人として世に出ることを考えていた彼を励まし、あと押ししてくれたのもカウトだった。不幸なことに、そのカウトとの関係もこの醜聞を機にギクシャクしたものとなってしまう。『原因』の冒頭、連綿と繰り出されるザルツブルク市とその住民に対する罵《のの》りの背景には、非常灯を巡る騒動の際に町やジャーナリズムが見せた冷笑的態度への憤りがあるとみてよい。(とはいえ、ザルツブルク音楽祭ではその後も四本のベルンハルト劇が初演されており、同時代の作家の中で彼は音楽祭にもっとも贔屓《ひいき》にされた人なのである。)

ベルンハルトを自伝執筆へと促した動機として、最後に、次のことも指摘しておきたい。それは、七五年の『原因』刊行直後、九月十二日にオーストリア放送協会(ORF)が放送したインタビューの中で、作家自身が語っていることである。

二十年来、私は、伝記的なことについては何も示唆してこなかったし、自分について何も言うことはしなかった。その結果、考えられないことを読まされる羽目になっている。この人はどこの出身だとか、これは何のことだ、などといった間違いばかりを。今、ここで一度、小さな拠りどころを作っておかねばならない——伝記的な意味で、よく言われるように、いわば全作品をそこに関連づけることができるような、収束点を定めておかねばならないのだ。

現代文学の旗手として揺るぎない地位を確立していた彼は、有名になればなるほど、自分についての間違った理解が横行している状況を経験し、自分について正しい情報を世間に知らせておかねばならないと考えたようである。実際、オーストリア国家賞の授賞式では大臣から「外国人」と紹介されて憤ったことがあった。ベルンハルトのこの気持ちは、『原因』の中に引用されているモンテーニュの次の言葉が、よく代弁しているのではなかろうか。

ほかには何にも望まない、とにかく、自分のことを自分の名前しか知らない人たちに誤解されるのは、まっぴら御免だ。

全集版解説によると、『原因』の原稿は現存していないが、入稿は一九七五年六月二十一日から二十四日のあいだ、執筆されたのはオールスドルフの自宅と推定されている。

寄宿舎時代のベルンハルトと時代背景

次に、ザルツブルクの寄宿舎にいた時代のベルンハルトについて、時代背景を含めた伝記的事実をまとめておく。

一九四四年四月初旬、十三歳のベルンハルトは、母方の祖父である作家ヨハネス・フロイムビヒラーに伴われ、当時住んでいたドイツ・バイエルン地方の町トラウンシュタインから、同じバイエルンの町パッサウに赴く。「パッサウ商業アカデミー」という学校の生徒募集の広告を見た祖父が、孫をこの学校に入れようと考えたためである。ベルンハルトは入学試験に合格するが、祖父は決断を翻し、孫をザルツブルクの基幹学校に入れる。

四月二十四日、ベルンハルトは、ザルツブルク市ハイドン通り三番地にあった「男子基幹学校」に入る。このとき同時に、学校のすぐそば、シュランネ通り四番地にあった寄宿舎ヨハネウムに入寮した。そこは祖父フロイムビヒラーも学生時代に住んだ寄宿舎であり、もともと教会が運営していたが、オーストリアがドイツに併合された三八年以後、国の管理下に入り、ベルンハルトが入居した当時は、国家社会主義すなわちナチスの学生寮と呼ばれていた。三八年から終戦時まで寮長を務めていたのは、レオポルト・グリューンクランツであった。

ベルンハルトが通った基幹学校はアンドレー教会のすぐそばにあり、作中では「アンドレー学校」と呼ばれている。ちなみにアンドレー教会は、多くの観光客が訪れるあのミラベル宮殿の道路を挟んで向かい側、ミラベル広場に面している。ザルツブルクを一度でも訪れたことのある人なら、二本の塔を擁したこの教会をきっと目にしたことがあるだろう。寄宿舎があったシュランネ通りはミラベル広場からアンドレー教会に向かって右側の通りであり、バート・イシュルやヘンドルフなどへ行く遠距離バスがこの通りを通っている。

一九四四年十月十六日（『原因』では十七日とされている）、ザルツブルク市は最初の空襲に見舞われる。六百機の米軍機が南イタリアの基地を飛び立ち、ボヘミアの町モストを目指したが、天候不順により爆撃の目標をザルツブルクとフィラハに変えたのである。二百四十五人の死者が出たこの最初の空襲は、終戦まで計十五回行われたザルツブルク市への空爆の中で最大の被害をもたらした。旧市街の大聖堂が被弾し、円蓋が破壊された。ザルツァハ川堤防沿いも被害が大きく、マカルト広場に面したモーツァルトの住家も破壊された（のちに日本企業のお金で再建されている）。中央駅に近いファニー・フォン・レーナート通りも大きな被害が出た地域である。

ベルンハルトら寄宿生が避難したグロッケン通りの防空壕は、カプチーナ山の下に掘られたもので、これも今では観光客の多いリンツ通りのすぐそばであった。防空壕の入口は現在、地下駐車場入口となっている。

十一月十一日、二度目の空爆がザルツブルクを襲う。アンドレー学校にも一部被害が出ている。ベルンハルトに英語の個人教授をしていた婦人はこの空襲で命を落とした。同じ日、トラウンシュタインの町も初めての空爆に見舞われた。当時トラウンシュタインには、彼の母と弟妹たちが住んでいた。

十一月十七日、ザルツブルクに対して三回目、爆撃規模としては最大の空爆が行われる。死者は百十八人、寄宿舎の向かいに立っていた中世の建物シュランンネ（市場）が破壊され、アンドレー教会にも被害が及んだ。この前後に（『原因』では空襲直後とされている）、ベルンハルトは寄宿舎を退去、トラウンシュタインに移った。トラウンシュタインもたびたび空襲に見舞われている。四五年四月十八日の空襲では、トラウンシュタイン駅周辺に大きな被害が出た。

一九四五年五月四日、ザルツブルク市に砲撃を加えていた米軍に対し、市は白旗を挙げる。このあと、五五年に国家条約を結んでオーストリアが再び独立するまで、ザルツブルク州とオーストリア西部（チロル州とフォラールベルク州）は米国の占領下に置かれた。

シュランンネ通りにあった寄宿舎は、四五年五月よりカトリックの管理に戻る。新しい寮長は司祭フランツ・ヴェーゼナウアー。舎監としてイエズス会士ローラント・デメールが寮内の秩序維持に努めた。

一九四五年八月、ヨハネス・フロイムビヒラーは手帳に、孫のベルンハルトが自殺を試みたことを記している。

同年九月、ベルンハルトは、新学年の始まりに際してザルツブルクの寄宿舎に戻り、寮生としての生活を再開する。学校は基幹学校でなく、当時旧市街にあったギムナジウムに転入した。校長はカール・シュニッツァー。

終戦とともにオーストリアとドイツ間の国境は封鎖され、一般の通行はできなくなっていた。まもなく、ザルツブルクに住むドイツ人に退去命令が出る。これを受けて、トラウンシュタイン市もオーストリア人の退去を命ずる。フロイムビヒラー夫妻とファビアン一家（母、後見人、弟、妹）は、ドイツ国籍ではなくオーストリア国籍を選んだため、オーストリアへの帰還を命じられる。四六年四月、彼らはザルツブルクに移住、ラデツキー通り十番地に住む。同時期、ベルンハルトも寄宿舎を退去する。

一九四七年四月、ベルンハルトはギムナジウムを退学、市内シェルツハウザーフェルト地区で食料品店を営んでいたカール・ポドラハのもとで、見習いとして働き始める。そこは現在、「トーマス・ベルンハルト通り」と呼ばれている場所である。

登場人物、作者を訴える

一九七五年、『原因』が刊行されて間もない十月、ザルツブルクの市教区司祭であり、聖エリーザベト教会にいたフランツ・ヴェーゼナウアーは、ザルツブルク検察局に侮辱と名誉棄損の告発を行った。告発されたのは、『原因』の著者トーマス・ベルンハルトと、本を出したレジデンツ出版社長ヴォルフガング・シャフラーであった。ヴェーゼナウアーは四五年から四七年まで、寄宿舎ヨハネウムの寮長を務めており、この本に出てくる「フランツ小父」を自分であると受け止め、自分が誹謗されていると考えたのであった。検察に対して彼は、侮辱および名誉棄損にあたる部分を検証すること、当面本を差し押さえることを要求した。だが、告発は間もなく検察に退けられた。理由は、本の中で批判されているのは寄宿舎であり、ヴェーゼナウアーではない、というものであった。司祭はそれでも引き下がることなく、私訴の手続きをとったため、裁判が戦われることになる。

ベルンハルトは、一字一句たりとも修正したり削除したりすることは考えていなかった。しかし、裁判が長引き一年半を越えた七七年の春、結局、当該部分の削除と、ヴェーゼナウアーの名誉を傷つける意図がなかったことを著者と出版社が宣言するという条件で、和解が成立したのである。

ヴェーゼナウアーの訴訟に典型的に表れているように、『原因』は当初、実在の人物、実際の出来事を描写した事実報告として読まれ、事実と異なる部分を見つけては批判したり、嘘としてレッテルを貼ったりする受けとめ方が多かった。刊行以前からメディアは、ザルツブルク市民が好意的に描かれていないことをスクープしていた。ナチズムとカトリシズムの町としてのザルツブルクのイメージ、ナチズムとカトリシズムの類縁性を糾弾したこのテクストは、多くのザルツブルク人には理解しがたいものであった。併合されたオーストリアはナチズムの被害者であるというのが当時の建前であり、カトリックを批判することもタブーであった。ましてや、世界で最も美しい町の一つとされるザルツブルクが、死に至らしめる町と呼ばれていたため、ヴェーゼナウアーや彼の教え子たちのみならず、オーストリアの主要な新聞も、ベルンハルトによる「中傷」を批判的に伝えたのである。

その一方、この本を事実報告としてではなく、文学として読み、その芸術的価値を評価する声も少なくはなかった。心理学的観点からも、長く読み継がれるべき興味深い心の記録だとする声があった。当時、ザルツブルク大学でオーストリア現代史を教えていたエリカ・ヴァインツィアルがその一人である。彼女は、『原因』を事実であるかどうかという観点から読むことの弊害を指摘し、一人の詩人が一つの町で過ごした青少年時代を、彼自身が感じ、主観的に体験したままに再現しているという意味で、細部まで「真実」だとしている。

ベルンハルト自身、先にも触れたテレビ・インタビューの中で、この本は「とても主観的なものであり、若者であった当時の私の事実、記憶、気持ち、感情にきわめて限定して」書いたものだと述べている。実際、この本が批判されたのは、少なからぬ読者が、歴史的事実にどれだけ即しているかという尺度で評価してしまい、文学として読む姿勢が欠けていたからである。

しかし、ここにこそベルンハルト文学の特性がある。というのは彼の場合、「小説」として発表されたテクストも「自伝」として書かれたテクストも、常に事実とフィクションの綱渡りをしており、どちらとも言いがたい私小説的あいまいさを有しているからである。出て来る地名や人名は実在のものそのままか、あるいはモデルがすぐ分かる名前になっている。だからと言って読者がそれを素朴に実在の人や場所だと考えてしまうと、やはり罠にかかってしまう。この作家の場合、彼という人間を含めすべてにおいて、真実の側面と、演技でありフィクションである側面が共存している。

ベルンハルト自身、『原因』を単なる事実報告ではなく、芸術と考えていたことは、訴訟が起こされた際に記したメモに、「芸術作品としての自伝」という言葉があることからも分かる。おそらくベルンハルトにとって問題なのは、どのように思い出すか、どのように物語るか、どのように自らと自らの歴史を構築するかということであって、自伝とは彼にとって、画家にとっての自画像のようなものだったのであろう。

それにしてもなぜ、ベルンハルトは、自身何度も「故郷の町」と呼んだザルツブルクを悪しざまに言わねばならなかったのか。既に触れたテレビ・インタビューの中で、彼は、この事情を「憎愛」という言葉を使って次のように説明している。ザルツブルクが世界でも有数の美しい町であること、それは見れば分かるし、みんなが口をそろえて言っている。けれども、それだけでは真実の一面でしかない。これを完全な真実にするためには、「しかし」と言う人がいなければならない。作家としての自分の使命は、いつもこの「しかし」を言うことにある。誰もはっきりとは口にしないこと、誰もあえて書こうとはしないこと、それをはっきりと口にし、書き留めること、それこそが、作家としての自分の使命なのだ。モーツァルトもトラークルも、ことのほかザルツブルクを愛した。なぜなら、故郷の町、すべてを親しく知っている町を愛するのは、自然なことだから。だが、同時に彼らは、ザルツブルクをペストのように憎んだ。私の場合も同じなのだ、「私とザルツブルクは、すべてにおいて結びついている。だが、それはもちろん、憎愛の関係でしかありえない。」このように、ベルンハルトは説明している。

中等教育批判

トーマス・ベルンハルトの『原因』が問題作と言えるのは、ザルツブルク市や住民をひどく罵っているとか、ナチズムとカトリックの批判というオーストリアにとってのタブーを破ったとか、回想し叙述する際のやり方があまりに主観的で、同じ時代を生きた人々の拒絶反応を生んだとか、そういう理由からばかりではない。後半部「フランツ小父」の冒頭で展開された、生産者としての親の批判、学校教師や、そもそも中等教育の必要性を問題にした箇所を読んで、少なからぬ読者は、過激な主張、問題のある考え方だと受けとめるのではないだろうか。

それは自然な反応であり、この書が多くの議論を巻き起こすことは、おそらく著者の意図にも適っている。とはいえ、過激と受け止められるかもしれない教育者批判、中学校批判は、実はドイツ語文学においてはかなり頻繁に取り上げられてきたテーマであり、決して珍しいものではない。特に、十九世紀末から二十世紀初頭にかけて、中学校の実態は文学の中で繰り返し弾劾や諷刺の対象となっており、ベルンハルトの問題提起も、本人は意識していなかったかもしれないが、学校教育を批判的に扱った文学テクストの系譜に連なっている。日本人の読者にすぐ思い浮かぶ例としては、ヘルマン・ヘッセの『車輪の下』(一九〇五)があるが、この小説も決して先駆的なものではなく、フランク・ヴェーデキントの『春の目覚め』(一八九一)、マリー・フォン・エーブナー＝エッシェンバハの『優等生』(一九〇一)、トーマス・マンの『ブデンブローク家の人びと』(一九〇一)、エーミール・シュトラウスの『友人ハイン』(一九〇二)、ローベルト・ムージルの『テルレスの惑乱』(一九〇六)、フリードリヒ・トールベルクの『生徒ゲルバー』(一九三〇)などなど、沢山あるうちの一つに過ぎないのである。いずれも、中学校生徒の立場に立って学校が批判的に描かれ、主人公の落第、放校、多くの場合、自殺が問題となっている。これには、世紀転換期に生徒の自殺が社会問題化していたという背景があり、この問題はエレン・ケイやモンテソーリ、シュタイナーに代表される新教育運動、ヴァンダーフォーゲルの青年運動にも結びついていくことになるわけだが、当時の中学校を舞台にした前述の作品群の中で異彩を放っているのは、映画『嘆きの天使』の原作にもなったハインリヒ・マンの小説『ウンラート教授』(一九〇五)である。この作品の場合、ギムナジウムの生徒ではなく教授を主人公にしたところがユニークである。ベルンハルトの『原因』後半を読むと、祖父の言葉として、「社会の車輪の下に敷かれたくなければ、ギムナジウムは卒業しておかねばならん」という台詞が出てくるし、ギムナジウムの教授たちが「くさい匂いのする歴史の汚物《ウンラート》」を、バケツから振りまくように生徒の頭にぶちまけている、という記述もあるが、これらはそれぞれ、『車輪の下』と『ウンラート教授』の中に、よく似た表現を見いだすことができる。ちなみに、トーマス・マンの『ブデンブローク家の人びと』にも、ハノー少年の一日を描いた章の学校の場面で、「ウンラート」という単語が何度か出てくる。学校が国家の手先として軍隊と並び称されるのも、ヘッセを初め前述の作品群にはよくあることである。ベルンハルトの場合、国家、教会、ナチズム、学校、および寄宿舎が権威的抑圧システムとして弾劾されるが、十九世紀初頭、フンボルトらの教育改革によってスタートしたギムナジウム制度にしろ、世紀転換期に盛り上がった新教育運動にしろ、本来理想主義的で人間中心、子供中心の思想に基づいていたことを考えると、ベルンハルトの時代にそうした理想が浸透しているどころか変質を来たし、教育の現場には抑圧的雰囲気しか残っていなかったという事実は、皮肉としか言いようがない。ひょっとするとベルンハルトが主張するように、そこここを少し改革するのでは充分でなく、中等教育という制度自体を考えなおしてみるべきなのかもしれない。

『原因』では、ギムナジウムの教授たちが偏屈として批判される一方、地理の教授ピッチオーニは同情的に描かれている。いずれの姿にも私（訳者）は、ハインリヒ・マンのウンラート教授の姿を重ねてしまう。ウンラートは単に諷刺的に描かれた教室の中の暴君であったのみならず、学校中で「汚物《ウンラート》」と呼ばれ、嘲笑されている社会のはぐれ者でもあった。ところがのちには、愛するひとりの人間のため、嘘で固められた社会に果敢に、孤独な戦いを挑むことになる。そのウンラートの姿に私は、社会を壊乱に陥れる悪漢であるとはいえ、すがすがしいものを感じるし、共感する面も多いので、ウンラートという人物は決して悪として否定すればそれで済むというものではないと思っている。実は私は、歯に衣着せず自らの故郷を罵る作家トーマス・ベルンハルトにも、ウンラートにどことなく共通したものを感じるのである。

最後にもう一つだけ、学校文学との関連で面白く感じたことを示唆しておく。それは、トーマス・ベルンハルトと祖父フロイムビヒラーとの関係が、少年の日のヘルマン・ヘッセと母方の祖父ヘルマン・グンダートの関係を彷彿させるということである。少年のころ、マウルブロンの神学校からヘッセが出奔したとき、敬虔で厳格な両親および教師らはカンカンであったが、宣教師でありまた著名なインド学者であったグンダートは、学校から逃亡した孫に、天才がよくやる冒険旅行に行ってきたのか、と言ってかばってくれたという。

自伝第一作『原因』において、ベルンハルトはいくつものタブーを破った。ナチスに加担した加害者としてのオーストリア、抑圧的権力機構としてのカトリック、虚飾に固められた「美しい」故郷——社会のネガティヴな側面をはっきりと名指ししたベルンハルトは、現在、オーストリアの多くの人々にむしろ、感謝されているのではないか、と私は思う。

翻訳の底本に用いたのは、一九七五年レジデンツ出版から出た初版（左記）である。訴訟の際の和解条件として第二版以降削除された部分も、当翻訳書には含まれている。Als Grundlage der Übersetzung diente die folgende Erstausgabe:
Bernhard, Thomas: Die Ursache. Residenz-Verlag, Salzburg 1975.

一般書籍の「あとがき」という性格上、この文章に細かな注を付けてドイツ語文献の頁を示すことはしなかった。代わりに参考文献を左に列挙しておく。Beim Verfassen des vorliegenden Nachworts diente dem Übersetzter die folgende Literatur:

全般に渡る参考文献

Bernhard, Thomas: Werke, Bd. 10, Die Autobiografie, hrsg. von Martin Huber und Manfred Mittermayer,

Frankfurt am Main 2004. 特に巻末についている詳細な解説（Kommentar, S.513-525）を大いに参考にした。

ベルンハルトのテレビ・インタビュー
„Aus Schlagobers entsteht nichts.“ Interview von Rudolf Bayr, 12.9.1975 (ORF). In: Bernhard, Thomas: Werke, Bd. 22-2, Berlin 2015, S. 67-78.

成立史に関しては特に
Zuckmayer, Carl: Henndorfer Pastorale. In: ders.: Die Fastnachtsbeichte. Erzählungen, Carl Zuckmayer Gesammelte Weke in Einzelbänden, Frankfurt am Main 1996, S.311-362.

Hennetmair, Karl Ignaz: Ein Jahr mit Thomas Bernhard. Das versiegelte Tagebuch 1972, Salzburg/Wien 2000.

伝記的事実と時代背景について
Huguet, Louis: Chronologie. Johannes Freumbichler – Thomas Bernhard. Weitra o. J. [1995].
Mittermayer, Manfred: Thomas Bernhard. Eine Biografie. Wien/Salzburg 2015.

訴訟経過について

Mittermayer, Manfred; Veits-Falk, Sabine (Hg.): Thomas Bernhard und Salzburg. 22 Annäherungen, Salzburg 2001, S.209-215.

ヘッセと祖父について

Hesse, Hermann: Großväterliches. In: ders.: Gesammelte Werke, Bd.10, Frankfurt am Main 1970, S.302-311.

Hesse, Ninon (Hrsg.): Kindheit und Jugend vor Neunzehnhundert. Hermann Hesse in Briefen und Lebenszeugnissen, Band I, 1877-1895, Frankfurt a. M., 1984.

本書の翻訳出版に当たっては、ザルツブルク文学資料館館長でありトーマス・ベルンハルト研究の第一人者でもあるマンフレート・ミッターマイヤー博士、ベルンハルトの弟で遺産管理者であるペーター・ファビアン氏に大変お世話になりました。また、ザルツブルク大学のレナーテ・ランガー博士には、ヨハネス・フロイムビヒラーのお墓をご案内いただきました。心から感謝いたします。

Ich bedanke mich ganz herzlich bei Herrn Dr. Manfred Mittermayer, dem Leiter des Salzburger Literaturarchivs, und Herrn Dr. Peter Fabjan, dem Bruder und Nachlassverwalter von Thomas Bernhard, für die freundliche Unterstützung meiner Übersetzungsarbeit. Ebenso bedanke ich mich bei Frau Dr. Renate Langer für die Führung beim Besuch des Grabs von Johannes Freumbichler.

最後に、なかなか進まない翻訳作業を超人的忍耐力でお待ちいただき、訳文に関していつもながら適切なアドバイスを頂いた松籟社の木村浩之さんに、心から感謝いたします。

【訳者紹介】

今井　敦（いまい・あつし）

1965年生まれ。中央大学文学部卒業、中央大学大学院文学研究科博士課程単位取得満期退学。1996年から2000年にかけてオーストリアのインスブルック大学に留学、同大学にて哲学博士（Dr. Phil.）取得。

現在、龍谷大学教授。

専攻は現代ドイツ文学。

著書に『三つのチロル』、訳書にハインリヒ・マン『ウンラート教授』、ヨーゼフ・ツォーデラー『手を洗うときの幸福・他一編』、トーマス・ベルンハルト『ある子供』がある。

原因　一つの示唆

2017年12月15日　初版発行　　　定価はカバーに表示しています

著　者　トーマス・ベルンハルト
訳　者　今井　敦
発行者　相坂　一

発行所　松籟社（しょうらいしゃ）
〒612-0801　京都市伏見区深草正覚町1-34
電話　075-531-2878　振替　01040-3-13030
url　http://shoraisha.com/

印刷・製本　亜細亜印刷株式会社
装丁　安藤紫野（こゆるぎデザイン）
Printed in Japan

 ISBN978-4-87984-360-9 C0097